MANUEL CEBRIÁN

Querida Marielis:

(Enamorarse en Cuba)

Compre este libro en línea visitando www.trafford.com
o por correo electrónico escribiendo a orders@trafford.com

La gran mayoría de los títulos de Trafford Publishing también
están disponibles en las principales tiendas de libros en línea.

Aviso a Bibliotecarios: La catalogación bibliográfica de este libro se encuentra en la
base de datos de la Biblioteca y Archivos del Canadá. Estos datos se pueden obtener
a través de la siguiente página web: www.collectionscanada.ca/amicus/index-e.html

Impreso en Victoria, BC, Canadá.

ISBN: 978-1-4251-3314-6 (Soft)
ISBN: 978-1-4251-3315-3 (e-book)

*En Trafford Publishing creemos en la responsabilidad que todos, tanto individuos
como empresas, tenemos al tomar decisiones cabales cuando estas tienen impactos
sociales y ecológicos. Usted, en su posición de lector y autor, apoya estas iniciativas de
responsabilidad social y ecológica cada vez que compra un libro impreso por Trafford
Publishing o cada vez que publica mediante nuestros servicios de publicación. Para
conocer más acerca de cómo usted contribuye a estas iniciativas, por favor visite:
http://www.trafford.com/publicacionresponsable.html*

*Nuestra misión es ofrecer eficientemente el mejor y más exhaustivo servicio de
publicación de libros en el mundo, facilitando el éxito de cada autor. Para
conocer más acerca de cómo publicar su libro a su manera y hacerlo disponible
alrededor del mundo, visítenos en la dirección www.trafford.com*

Trafford rev. 9/11/2009

 www.trafford.com

Para Norteamérica y el mundo entero
llamadas sin cargo: 1 888 232 4444 (USA & Canadá)
teléfono: 250 383 6864 ♦ fax: 812 355 4082 ♦ correo electrónico: info@trafford.com

A mis queridos padres.

PRELUDIO.

Querida Marielis:

A través de estas líneas quiero expresarte algunas cosas que cuando estuvimos casados, y por diversos motivos, nunca llegué a comunicarte. Son sentimientos extraídos del recuerdo y que a continuación te explico por escrito. Entre los párrafos que siguen encontrarás muchos episodios que recordarás. Otros, por la falta de comunicación en nuestra maltrecha relación, quedaron relegados y los desconoces. También hallarás a lo largo de esta carta algunas reflexiones personales.

Nos vimos hace unos días, el uno de marzo del año en curso, 2007, y aunque tuve deseos de hablar contigo sobre lo que fue para ti nuestro pasado y problemático matrimonio, finalmente no lo hice por temor a desenterrar aspectos que bien pudieran volver a ser dolorosos, pues las palabras a veces son fuente de malos entendidos y una vez salidas de la boca ya no es posible volverlas a guardar. En cambio, un escrito puede sopesarse y retocarse tantas veces como desea su autor; por eso he decidido comenzar esta recapitulación acerca de lo que significó para mí el tiempo transcurrido desde que nos conocimos hasta que nos separamos.

Después de divorciarnos no sólo quisiste retomar la relación conmigo, sino que me pediste reunirnos para saber, para entender, qué causas fueron las que nos habían llevado a separarnos; de hecho acudí contigo a una cita con dos psicólogas por expresa petición tuya -más adelante hablaré sobre el particular-. Para mí los motivos de la separación estuvieron claros y es lo que voy a intentar transmitirte en las páginas que siguen con la ventaja de que, después de más de diez años transcurridos, dispongo de más elementos de juicio, y por tanto me siento en disposición de ver con mayor objetividad lo que pudo fallar en nuestra corta relación matrimonial. Deseo que a los dos, el escrito que estás comenzando a leer, pueda servirnos de ayuda y aprendizaje acerca de los pasados errores, por lo menos para no volver a cometerlos con otras personas.

Hoy, día tres de marzo, has venido a verme al trabajo y te he invitado a tomar un café. Mientras lo tomábamos en un bar cercano me has ido relatando prolijamente lo bien que te van todas tus cosas en la vida, por ejemplo, tu magnífica y bien remunerada ocupación. De los tres hijos que tienes, el buen empleo que ha encontrado Raulito, el mayor. Todo ello para terminar enseñándome tu enorme y moderno automóvil, recién comprado, mientras contemplaba cómo seguías fumando tabaco rubio, tal y como hacías en La Habana, en Guantánamo o aquí cuando éramos marido y mujer. Me has dicho que estabas sola, sin pareja, desde hace tres años. No he podido evitar preguntarme: "¿Qué quiere de mí después de habernos separado hace algo más de diez años?" Pero permíteme que recapitule brevemente sobre lo que te indico al inicio de este párrafo para formularte a continuación un par de preguntas. Me hablabas de tu buen sueldo y el de tu hijo Raulito y, por si fuera poco, te he visto ejerciendo de feliz poseedora de un buen coche y fumando tabaco del caro. Todo esto lo entiendo y me alegra que hayas progresado, pero ¿cómo es que estás engañando a todo un organismo oficial que permite que ocupes una vivienda de su propiedad destinada para que en ella viva una familia de inmigrantes -tú y tus hijos, quizá también alguna hermana tuya- en régimen de alquiler, pero con un nivel de vida e ingresos humildes? ¿Por qué, en la actualidad, sigues aprovechándote de los demás? Y no eres la única persona que habita un piso comprado con dinero público, que es utilizado por personas inmigrantes inadecuadas.

Hay un magrebí que "su" piso, también propiedad del mismo organismo oficial, lo utiliza para explotarlo; ¿qué cómo lo hace? El marroquí ha comprado unos cuantos colchones y los ha distribuido tirados por el suelo, en pasillos y habitaciones, para que pernocten otros compatriotas suyos a los que desde luego les cobra, mientras que él, el "listo", duerme en la suite que ha habilitado en dicha vivienda y trabaja en un locutorio de su propiedad que se ha montado, aunque subvencionado también con dinero público -para más señas, te aclaro que se trata del dinero de los contribuyentes, incluido yo-. ¿Por qué nosotros, los españoles, no podemos alcanzar algunos de los privilegios a los que vosotros los inmigrantes, al parecer tenéis derecho? ¿Hacia dónde camina una sociedad como ésta?

Dos días más tarde, tengo la sensación de que te haces la encontradiza conmigo, cerca de mi casa, luciendo una amplia sonrisa y una ajustada y moderna ropa, que acentúa e incluso muestra exagerada y sensualmente los contornos del agraciado cuerpo que siempre tuviste. Además, has recobrado tu peinado natural, aquel tan bonito con el que te conocí en La Habana: largo, moreno y muy rizado; la admiración de muchas mujeres de este país, pero que nada más llegar a España te empeñaste en cambiártelo porque querías parecerte a las españolas lo antes posible. Después de conversar brevemente, pues yo poco tengo que hablar contigo, has terminado diciéndome que volverías a verme al trabajo para seguir conversando. Y yo te he puesto una excusa real, para no volvernos a ver, diciéndote que para mí el trabajo sigue siendo sagrado y que no deseo mezclarlo con mis asuntos personales.

No albergo hacia tu persona resentimiento alguno, porque las auto destructivas emociones vividas contigo quedaron perdonadas, disueltas y alejadas de mí hace mucho tiempo. Por mi propio bien, necesitaba perdonarte y perdonarme por lo que había pasado entre nosotros. Sin embargo siempre pensé que para eso no era necesaria nuestra reconciliación, sino que el perdón era sinónimo de auto protección y de hacerme el bien a mí mismo. En el momento en el que te perdoné completamente, me liberé de una pesada carga y pude continuar en libertad con mi vida. Estoy convencido de que perdonar es quizá una de las tareas más difíciles en la vida del ser humano. De ello depende que podamos seguir viviendo la propia vida con autonomía y paz interior. La herida no puede cicatrizar hasta que el odio, la enemistad, la rabia o el disgusto dejen descansar el alma. Además, con el hecho de liberarme a través del perdón, quería atraer a una mujer de verdad con la que compartir mi vida, porque contigo no pude ver realizado ese sueño.

Nada más verte, instintivamente, mi voz interior me indicó: "Cuida con esa mujer, a pesar de la aparente amistad que muestra contigo y su atractivo y poderoso reclamo sexual". La misma voz me advertía de que debía protegerme de ti; que aunque te hubiera perdonado y yo me hubiera perdonado, hacía años, debía recordar lo mucho que me habías esquilmado, tanto moral como económicamente, durante nuestro breve matrimonio. Y una de las cosas que hice para protegerme o disuadirte, caso de que albergaras algún nuevo interés hacia mí, fue llamar a una amiga y advertirle de que si la llamaba por teléfono, a su casa o al trabajo delante de ti -caso de que volvieras a verme-, tratándola como si fuera mi novia, que no se extrañara. Pensé que dándote a entender que tenía pareja terminaría por no volverte a ver, pero hoy nos hemos vuelto a encontrar mientras hacíamos las compras en el supermercado. ¿Otra casualidad? Me has saludado y por educación he correspondido a tu saludo. Habrás observado que después me he dado la media vuelta siguiendo mi camino, el que quiero seguir.

Tengo que reconocer que aun hoy, día siete de marzo, cuando nos hemos encontrado nuevamente, comprando, me ha parecido que tu semblante estaba bastante desmejorado, sin embargo, te he vuelto a ver atractiva, sobre todo con esa ropa que usas tan atrevida, y me ha asaltado la loca idea de pedirte hacer el amor, aunque sé que eso no deja de ser una barbaridad, una fantasía mía, pues ya han pasado más de diez años desde nuestro divorcio, mucho tiempo, muchas cosas... Aunque eras joven y bonita, y me lo sigues pareciendo, piensa que la belleza externa, como todo, es efímera. Hoy día existe una especie de culto a la juventud y se sigue pronunciando ese refrán que reza: "Juventud, divino tesoro". Ahora tienes treinta y cinco años, pero algunos de los que pasamos de los cincuenta nos resistimos de alguna forma a envejecer, aunque me miro cada día al espejo al afeitarme y veo cómo se transforma mi cuerpo con el paso inexorable del tiempo.

Esa especie de culto a la juventud, como sinónimo de belleza, desde mi punto de vista encierra eso precisamente: belleza, amor o inclinación hacia la belleza, lo que se me antoja algo positivo, aunque pienso que no hay que resistirse a envejecer. Aceptar que, como todo, uno está en inevitable y constante transformación, y asumir que los años pasan, también es bello. Porque en la juventud, en la madurez y en la vejez hay mucha belleza. La diferencia estriba en saber que gracias a las vivencias uno se convierte en hermoso interiormente y quizá en sabio. Sabemos o intuimos que la belleza es efímera y participamos más o menos conscientemente de ese dicho oriental: "precisamente porque es efímera, es por lo que la flor del cerezo es bella".

Algunas mujeres y hombres que desean mantener su atractivo juvenil, eliminan los surcos de la vida con inyecciones de productos "milagrosos" o borran mediante intervenciones quirúrgicas radicales toda una vida. Pienso que no se encuentran del todo a gusto porque, aunque no lo quieran admitir, saben que están huyendo de algo: de envejecer y en último término de la muerte. Pienso que sabiduría significa, también, ser conscientes del hecho de que somos mortales teniendo en cuenta que a medida que un hombre adquiere más sabiduría, el camino se le hace cada vez más angosto hasta que al fin no elige y hace solamente lo que tiene que hacer.

Veo que muchas personas a las que llamamos mayores, conservan la capacidad de enamorarse y de amar; de mostrar su belleza a sí mismos y a los demás. A fin de cuentas amar es una necesidad inherente al ser humano y se ama porque se ama, pues no hay ninguna razón para amar; y el amor es esa energía tan preciosa, tan mágica, que está además presente en todo el universo.

El fin de semana pasado salí una vez más de la ciudad, para acercarme a mi querida naturaleza, la más próxima a Zaragoza: el parque natural del Moncayo, pues según entiendo allí cada hombre tiene el tiempo, la paz y el entorno necesarios para encontrarse a sí mismo, mirar lejos o hacia su interior y estudiarla. Desde niño tuve la tendencia a permanecer el mayor tiempo posible en contacto con los árboles, los pájaros..., es decir, lo que buscaba era la armonía con la naturaleza; ella, en conjunto, está ordenada de acuerdo con la razón aunque no todo en la naturaleza sea razonable. Digamos que en el Moncayo aproveché algunos momentos para reflexionar a cerca de tus súbitas y casuales apariciones de las que antes te hablaba, y los recuerdos y las emociones comenzaron a volver a pulular en mi interior, si bien con una perspectiva de lejanía y mayor madurez. Sensaciones que de alguna forma pude volver a vivenciar.

En plena naturaleza, y para salir de dudas, le volví a preguntar a mi corazón y especialmente a mi instinto y, esta vez, los dos estaban de acuerdo: "debía olvidarme de cualquier pretensión hacia ti, porque tu acercamiento implicaba un deseo de retomar la relación conmigo, para seguir con tus mismos y viejos esquemas", esto es, seguir utilizándome para, por ejemplo, traer a España a alguna hermana o hermano más, tener un piso más cómodo, más grande...

El hecho de vernos recientemente, es lo que me indujo a plantearme escribirte esta carta que tal vez no te entregue, porque a estas alturas quizá ya no tenga sentido alguno. O la edite a modo de reflexión en forma de narración. El tiempo y los acontecimientos me lo dirán

¿Te acuerdas cómo nos conocimos? Corría el mes de diciembre de 1994. Con más de cuarenta años de edad, ya había superado unas cuantas vicisitudes de la vida y estaba en paz y contento conmigo mismo. Si alguien me hubiera

dicho que estaba a punto de encontrar el amor, simplemente no lo hubiera creído, pues no lo buscaba expresamente, y
por si fuera poco creía que no lo necesitaba, por lo menos
en esos momentos de disfrute vacacional en La Habana. La
idea de empezar una relación la sentía lejos, me parecía absurda y fuera de lugar y tiempo.

Aprovechando mis vacaciones, estaba una noche disfrutando de la música y el baile en la enorme discoteca del conocido hotel Comodoro de La Habana. Me sentía entusiasmado bailando suelto, música moderna movida, mientras
comencé a observar entre tanto cómo bailaba una mujer
que estaba a mi lado. Eras tú. Tus movimientos arrítmicos
me parecieron no sólo descompasados, sino carentes de vida. Había pasado varios años estudiando e indagando acerca del lenguaje no verbal, por lo que tu cuerpo me decía a
gritos que tu vida estaba rota, como tus torpes y fracciona-
dos movimientos, impropios de muchas de las mujeres jóvenes que conocí en Cuba: alegres, vivaces, sensuales e incluso netamente insinuantes. Tu lenguaje corporal me se-
guía susurrando que eras una persona cuya existencia era
triste y carecía de rumbo y objetivos. Los hechos posteriores
se encargarían de confirmármelo.

Me pareciste bajita de estatura y de complexión delgada, pues casi no comías y llevabas a rastras un fuerte cata-
rro que pretendías curar ingiriendo sal disuelta en agua. La
música movida se transformó súbitamente en lenta y suave,
esa que invita a un hombre a tener a una mujer tiernamen-
te abrazada; y eso fue lo que sucedió de forma espontánea:

ambos, incomprensiblemente, como el hierro y el imán que se atraen, nos dirigimos el uno hacia el otro y nos pusimos a bailar muy juntos, pecho junto a pecho. Estaba lejos de saber que eras la persona con la que me casaría antes de un mes.

Como seguíamos estando bien, cuando concluyó la sesión de baile decidimos dormir juntos esa misma noche en el apartamento que yo tenía alquilado en un lugar apartado del bullicio habanero, a unos kilómetros de la ciudad, en la Villa Panamericana. Un sitio más para turistas y, por tanto, generador de dólares americanos, divisas para las arcas de la dictadura de Fidel.

A la mañana siguiente te llevé a casa de tu tía, con la que vivías, y nos despedimos siendo conscientes de que sentíamos algo el uno por el otro, una ternura y tranquilidad especiales, a pesar del poco tiempo transcurrido desde que nos habíamos conocido. Al día siguiente me desperté pensando en ti y con la necesidad de volver a verte, de modo que por la tarde cogí el coche y como me acordaba del lugar en donde vivías, me acerqué a tu casa sabiendo que si te volvía a ver comenzaría a enamorarme, a perder la cabeza. Ahora, racionalizando, veo que entre nosotros no hubo sino algo de sintonía y nada más. Lo que vi en ti fue un espejismo, una distorsión de la realidad; lo que hice fueron proyecciones irreales hacia un futuro desconocido e incierto, pensando que reunías los requisitos de la mujer de mis sueños.

Enamorarse en Cuba.
¿Turismo sexual?

Cuando uno sale de España en el mes de diciembre lo hace rodeado de ropa de invierno y, al llegar a Cuba, justo en el momento de aterrizar el avión en Varadero o en La Habana, se empiezan a sentir los primeros y fuertes calores propios de ese privilegiado clima invernal, que invitan a quitarse rápidamente el jersey y la camiseta interior y a cambiarlos por un polo fino de algodón; incluso apetece ponerse pantalón corto y recoger el largo en el equipaje.

La mayor de las Antillas es ese extraño lugar en el que los sentimientos parecen estar a flor de piel. Para comprobarlo, basta con escuchar la letra de muchas de sus canciones en las que se siente el pulso y el pensar de un pueblo, de unas gentes cálidas y sensuales a pesar de su sometimiento a los caprichos del Comandante en Jefe, ese señor barbudo que ya lleva demasiado tiempo diciendo a todos los cubanos cómo tienen que ser las cosas. Pero Cuba sigue siendo un país donde el amor aún no ha sido prohibido, en el que el extranjero se ve sorprendido constantemente por

ese bullicioso ruido emocional, un único infraccionable com-
puesto de risas, música de salsa, ron, calor tropical, junto a
sus habitantes casi siempre preparados para seducir, cosas
que embargan al turista procedente del frío invernal de España, que llega buscando un poco de alegría, calor, compañía, humor y quizá amor.

Cuando llegas a la ciudad, La Habana, por ejemplo, no
dejas de ser un novato porque estás inmerso no sólo en
otro país, sino en otro mundo y otra cultura demasiado diferente a nuestro modo de vivir y de sentir occidental. Cuba
es una isla hermosa, un microcosmos multicolor, con una
alegría tal en sus gentes que me dio la impresión, la primera
vez que estuve, de que las personas del lugar estuvieran
empeñadas en ser felices. Cuba es alegría y color; playas,
sol, música y sobre todo seres humanos cargados de imagi-
nación y de espontaneidad, que convierten en fiesta cualquier hora del día. Y la música cubana, especialmente la
salsa, es tan movida y pegadiza que anima a bailar incluso
al más torpe bailarín. La comida recuerdo que era abundante y variada, sobre todo para nosotros los turistas; los más
ansiosos se hartaban de comer langosta por un módico precio mientras vosotros, los cubanos, os teníais que contentar
con un plato de *congrí*[1], cuando la cosa funcionaba bien.
Otro tanto podía decirse con la bebida.

Si a ello añado el tono y el suave acento femenino, la
sugerente dulzura, la alegría y belleza de muchas de sus
mujeres; su sensual y cariñosa zalamería, sobre todo de las

---

[1] Típica comida cubana hecha con arroz y fríjoles.

mulatas, y lo ligeras que se las podía ver de ropa, el plato combinado estaba listo para ser servido, o sea, el turista se quedaba maravillado, perplejo o incluso extasiado, sobre todo si comparaba la aparente frialdad de algunas de las mujeres de estos lugares con las cariñosas cubanas. No obstante, bien está decir que a la mujer española la percibía más entera o fuerte a la hora de encarar o solucionar un problema de pareja que a la cubana porque ésta, a la menor dificultad, tendía a abandonar y buscarse otro hombre. No afrontar los problemas, sino eludirlos, puede conducirnos a lo que la psicología ha empezado a llamar la "monogamia seriada" o, lo que es lo mismo, cambiar de pareja cada vez que surge un problema. Es bueno recordar que toda pareja, por sólida que sea, atraviesa por momentos de crisis, ¿no crees?

El turista -en este caso yo- iba con dinero, relajado, de vacaciones y dispuesto a disfrutar de aquel aparente paraíso tropical, aunque debo aclararte que no viajé a Cuba expresamente para relacionarme sexualmente con las mujeres. No obstante, me percaté rápidamente de que algunas se fijaban en mí o se me acercaban. Por ello y por mi naturaleza, no dudé en empezar a dejarme querer, admitiendo que lo contrario hubiera sido ir en contra de mí mismo. Por otro lado, los españoles, gozábamos de la admiración de muchas de tus compatriotas, incluida tú. Además, nosotros los extranjeros, significábamos una novedad para vosotras y la curiosidad hacía el resto. Éramos el paradigma de hombres serios y formales, sobre todo los españoles: personas en las que se podía confiar porque los cubanos, para vosotras, no tenían buen cartel. Muchos de los cubanos que conocí, eran hombres para los que la fidelidad carecía de valor práctico; para ellos, el baile, el ron y la promiscuidad era algo corriente; si no, revisa la conducta de tus hermanos, sobre todo la de Freddy, del que te comentaré algunas cosas más adelante.

Gracias a la perspectiva que me han dado los años transcurridos desde entonces, admito que con toda esa novedosa y atractiva pluralidad que me encontré al llegar a tu país por primera vez, lo más fácil para mí era enamorarme; sobre todo teniendo en cuenta las características típicas de las cubanas, a las que antes me he referido. Además, la mujer morena, latina y exótica, de pelo negro largo y rizado, tenía para mí un gran atractivo.

Siempre tuve un espíritu joven y llevaba unos años sin tener una relación estable, sin enamorarme, sin amar a una mujer, y estaba aburrido de sentir ese vacío que suelen dejar las relaciones esporádicas, las aventuras. La necesidad de amar a una mujer y ser amado por ella fue mi necesidad, que junto a la tuya de prosperar económicamente y procurar probablemente un mejor futuro para tus hijos, nos llevó a juntarnos, incluso a casarnos. Eso fue lo que probablemente me predispuso a enamorarme, de ti.

Todo se confabulaba a favor para que lo más inesperado pudiera darse, aunque justo es reconocer que, a veces, nos enamoramos de nuestras fantasías, miedos y ausencias; de nuestras angustias y ansiedades. Había mujeres tan bellas y tan dispuestas a acercarse cariñosamente a un hombre, incluso para casarse con él, llegado el caso... Lo que voy a comentarte a continuación es sólo un ejemplo que ilustra lo antes expresado. Al poco tiempo de llegar a Varadero, estaba en la playa tomando el sol, cuando se sentó a mi lado una preciosa chica mucho más joven que yo. Empezó diciéndome algo que me dejó perplejo:

-Tú estás solo y yo también. Soy una mulata joven y bonita. Yo sé que te gusto –dijo con una linda y tentadora sonrisa, inclinando suavemente la cabeza-; además, no tengo hijos y disfruto de salud, a excepción de que me faltan algunas vitaminas y estoy un poco delgada. Soy cariñosa, culta, simpática, buena persona y sé complacer a un hombre. -Puso un aire pícaro en su mirada, hizo un alto y prosiguió- ¿Crees que vas a encontrar una mujer más completa que yo para casarte? ¿Por qué no te fijas un poco más en mí y me das una contestación? -Me limité a reír con ella, sin dar mayor importancia al asunto.

En aquéllos años -1994 a 1996- era sobradamente conocido el llamado "turismo sexual" practicado por numerosos españoles y españolas que iban a Cuba a dar rienda suelta a sus apetitos y fantasías sexuales. No obstante, no era mi intención participar de dicho fenómeno turístico -tan lamentable, por cierto- al planear mi viaje a esa linda isla, sino que mi pretensión consistía en descansar unos días aprovechando el fin del año 1994 y librarme, por tres semanas, del intenso frío invernal que azotaba a mi país en esa época. Me di cuenta al aterrizar en Varadero, esa zona de

Cuba concurrida por el turismo internacional, que algunas mujeres se nos aproximaban, a nosotros los hombres, en playas o discotecas por uno u otro motivo, pues cualquier excusa era buena para justificar el acercamiento. Lo que al principio me sorprendió, después resultó ser una práctica relativamente común.

En aquélla linda isla me relacioné con varias mujeres, todas más jóvenes que yo, que movidas por la curiosidad o por la necesidad, se acercaron a mí. Nunca antes había vivido el sexo con tanta alegría y naturalidad porque para muchas de vosotras era una divertida forma de jugar, de disfrutar entre un hombre y una mujer de forma sana y natural. Nada que ver con los patrones prohibitivos propios de una cultura extremadamente moralista e hipócrita, como la que imperaba en mi país, fuertemente influenciada todavía por una religión inquisitorial y culpabilizante.

Por otra parte, no dejaba de ser real que la prostitución en tu país era enorme en aquellos años. Al principio me costaba distinguir entre las mujeres que ofrecían su cuerpo a un hombre a cambio de dinero, y las que de forma natural lo miraban y de esa mirada y posterior acercamiento surgía, o no, un encuentro íntimo entre dos seres de distinto sexo que querían estar unidos sin pedir o dar nada a cambio. Con el paso del tiempo y hasta que te conocí, pude empezar a discernir sobre las intenciones de unas y otras. En España me resultaba mucho más fácil. A las primeras las detectaba con sólo echarles un vistazo.

Era tanta la necesidad que había en Cuba que unas pocas mujeres, de forma aparentemente tímida y discreta, me insinuaron que necesitaban, por ejemplo, un par de zapatos o algo de dinero. Fue esto último lo que me sucedió con la que acabó siendo una enfermera pues sin buscarlo, así pude comprobarlo, que después de hacer el amor ardorosamente conmigo me pidió sesenta dólares, correspondientes al pasaje de avión desde La Habana a Holguín, para ir a visitar a su hijo que vivía con su padre en esta ciudad, que en 1523 fundaran por cierto los españoles. Me quedé paralizado y con mal estar, pero le entregué el dinero.

Cuando hablo de prostitución, tengo que referirme inevitablemente a la extrema pobreza que había en Cuba en los años susodichos. Había mujeres que se iban con un hombre a la cama a cambio de unos pocos pequeños jabones, que podían encontrarse en el baño de las habitaciones de los hoteles. La prostitución me producía y me produce pesadumbre, pues entiendo que nadie debe sentirse obligado a vender su cuerpo a cambio de una contraprestación. No trato de justificar ni de condenar la actitud de estas mujeres, simplemente me daban pena, pues fue una mujer la que me dio la vida al nacer; una mujer la que unos pocos años más tarde me enseñó a nadar; tuve de adolescente una magnífica y paciente profesora de francés y de adulto otra de inglés, y de otra mujer aprendí artes marciales durante más de veinte años. Y a lo largo de mis cincuenta y cinco años de existencia han sido varias las mujeres, incluida tú, que de forma decisiva me han acompañado un tramo de mi camino, entiendo que dándome lo mejor que pudieron darme. A todas vosotras, sobre todo a la primera, mi querida madre, os estaré agradecido mientras viva, en la parte en la que habéis contribuido a que sea el ser humano que soy.

NUESTRA BODA EN LA HABANA.
NUEVA CELEBRACIÓN EN
GUANTÁNAMO: ASADO DE UN PUERCO JUNTO AL RÍO.

De las mujeres que conocí en Cuba hubo una que acaparó mi atención, no debido a su espléndido cuerpo o extrema belleza externa, sino a su aparente sencillez y ternura. Esas fueron las primeras impresiones que quise ver en ti; de hecho, incluso me pareciste una persona de buen corazón. Recuerdo un día que haciéndote una broma, mientras te abrazaba, te dije de forma cariñosa:

-Qué chiquita eres...

-Es cierto, pero mi *corasón* es grande –respondiste con rapidez.

Yo te creí porque así lo sentía. Eso fue suficiente para que en unos días quisiera seguir junto a ti, pero como se terminaban mis vacaciones y tenía que regresar a España y tú no podías salir de la isla, me comprometí y te propuse casarnos. Toda una locura por mi parte, porque sabía que para encontrar pareja no hacía falta correr, pues las prisas son buenas o útiles sólo para muy pocas cosas. Todo tiene un proceso, un tiempo de maduración. Los sentimientos hacia una persona también están sujetos a un lento proceso de crecimiento en el que el cariño se va asentando.

Nuestro matrimonio no dejó de ser un cúmulo de acontecimientos, muchos dolorosos, con un final igualmente desgraciado, quizá porque el conjunto de decisiones del principio fue adoptado por mí de forma precipitada, incluso atolondrada. Toda decisión debe ser tomada con prudencia, desde la tranquilidad, la serenidad y la calma. Si me implicara en otro matrimonio tendría en cuenta, sobre todo, que mi pareja fuera la más idónea para mí. Incluso esta carta que te dirijo no ha sido menos validada por tales valores. Ella está siendo sometida, en todo momento, a un lento y laborioso proceso de gestación, de escritura recapacitada.

A mi propuesta de casarnos aceptaste, añadiendo que el hecho de haberme conocido era lo mejor que te había sucedido en la vida. ¿Recuerdas, Marielis? A primeros de enero de 1995 nos casamos en La Habana y ese fue el bello regalo de Reyes que los dos nos hicimos, pues queríamos seguir juntos indefinidamente. De forma equivocada llegué a creer que en ti había encontrado, por fin, a mi alma gemela. Ella es alguien que comparte nuestros anhelos más profundos. "Amar a una persona así -en palabras de Albert Camus- significa querer envejecer con ella".

Sólo necesitamos desear a alguien especial en nuestras vidas. Sabía que sólo siendo yo mismo, sería posible que una mujer muy especial que me buscaba desde hacía tiempo conseguiría reconocerme. No ignoraba que aunque exis-

ten muchos caminos para no hallar jamás el auténtico amor
-entre otros, vivir con las emociones bloqueadas, que sólo
produce infelicidad y soledad- intuía que la relación auténtica con un alma gemela, aparece cuando le hacemos sitio en
nuestra vida limpiando previamente el corazón.

Por nuestro bien, nos aseguraremos que la persona maravillosa que está delante de nosotros puede ser compatible
en algún nivel, aunque no lo sea en otros; por ejemplo,
puede ser una persona físicamente atractiva pero ser fría en
el plano emocional. Una cosa es ser diferente y otra muy
distinta ser incompatible. Ser diferente es enriquecedor,
siempre y cuando las personas tengan la voluntad de acercarse. Nosotros, Marielis, éramos diferentes además de ser
incompatibles.

Con relación a las prisas de las que antes te hablaba,
recuerdo que todo para mí fueron prestezas desde que nos
conocimos. Fui a Cuba a relajarme, de vacaciones y, casi de
repente, me introduje yo solo en una vorágine de hechos
que llegaron a saturarme. Como recordarás, perdí el avión
al pretender volver a España, una vez terminado mi tiempo
vacacional en Cuba. Se levantó una tormenta tropical que
me dificultó el traslado de La Habana al aeropuerto de Varadero para tomar el avión, con todo de llevar un coche alquilado moderno y rápido, pero la intensa lluvia podía con
todo y tuve que abandonar deshaciendo los kilómetros
hechos, para retornar a La Habana. De esta forma, perdí el
vuelo y el importe del billete de regreso.

Intenté volver a España por segunda vez, pero al pedirme la policía cubana el papel del visado, comprobé que no lo llevaba conmigo, pues lo había dejado en el equipaje y éste ya estaba embarcado en las bodegas del avión, con lo que no se me permitió salir del país sin el visado y el equipaje voló sin mí a España. Para solucionar este nuevo contratiempo, tuve que pasar varios días en La Habana, hasta conseguir un nuevo visado. Lo positivo de estas demoras fue que nos permitieron estar unos días de propina juntos y conocernos un poco más. Pero las prisas se extendieron también a España. Aquí, en Zaragoza, tuve que iniciar una carrera contrarreloj, por ejemplo para conseguir los papeles que tendría que llevar a La Habana y poder casarnos. Recuerdo que te compré ropa interior de la que carecías, y que terminaste regalando a tus hermanas. También pantalones, faldas, blusas, vestidos, tela para hacerte el traje de novia, anillos de boda, etc. Finalmente, tuve que hacer un buen acopio de dinero para los abundantes gastos de la boda.

Mis recuerdos me arrastran nuevamente al pasado, cuando nos conocimos. La necesidad de sentirme amado y amar a una mujer, arrastrada por tanto tiempo, fue quizá la poderosa fuerza que me indujo a casarme contigo. Lo mismo que una necesidad extrema, en lo material, puede empujar fatalmente a muchas personas a buscar salidas desesperadas, o sea, utilizar a otras personas para conseguir cubrir esas necesidades o lograr los fines perseguidos, creo que la necesidad de afecto y cariño también puede llevar a los seres humanos a adoptar decisiones precipitadas, como casarse con otra persona para cubrir las necesidades afectivas.

Para ser un comienzo de relación de pareja, ya había prisas y muchos gastos que me generaban un enorme estrés. Demasiados contratiempos y problemas que no quise ver.

En La Habana tuvimos que preparar la boda, que la celebramos en La Maisón, ese moderno y lujoso establecimiento donde parecía no faltar de nada: desde la sala llena de flores donde nos casó una notaria, contratada en el mejor gabinete jurídico privado de la ciudad, hasta piscina y restaurante ambos adaptados para nuestro banquete, incluyendo pista de baile y gabinete de estética. La esteticista estaba de vacaciones, por lo que tuvimos que ir a su domicilio particular. En su gabinete privado y después de abonarle un escandaloso precio, trató y cuidó prolija y delicadamente tu estropeado cutis durante varias sesiones, poniéndote todavía más guapa y preparada para el acto nupcial que se avecinaba. Esta señora me preguntó de qué ciudad española era y le respondí que de Zaragoza; me informó entonces de que el alcalde de esa localidad española, junto a otro señor, habían estado en su gabinete para ser sometidos a sus cuidados profesionales, casualmente hacía un par de meses más o menos.

El banquete de la boda no fue una excepción en cuanto a gastos. Ahora no puedo hablar de cifras exactas porque no las recuerdo con precisión, pero pagaba abundantemente por todo. El astronómico importe del banquete aumentaba a medida que lo hacía el número de comensales, la cantidad y calidad de alimentos y las bebidas a consumir. Se acrecentaba asimismo si las mesas eran atendidas por dos o más camareros, si en la sala había aire acondicionado e iluminación especial y si la música era grabada o había contratada una banda de músicos que tocaba en vivo. De la misma forma, el precio total dependía de los dulces productos de la tarta de boda y de los pisos que tenía. Por cierto, en cuanto a la tarta, el encargado de hacerla nadie sabía dónde se había metido -actitud laboral muy típica del perfil despreocupado y absentista del trabajador cubano- y tuve que contratar y pagar generosamente a otro artesano para que acometiera dicha labor.

Unos pocos invitados a nuestra boda acabaron tan borrachos que lo primero que se les ocurrió fue echarse vestidos a la piscina y un camarero tuvo que tirarse a sacarlos para evitar que se ahogaran. Encantador. Ante tu insistencia, tuve que contratar a un fotógrafo para que inmortalizara cada instantánea de tan inolvidables eventos.

Ya empezaba a estar contento pensando que la pesadilla de la boda, del banquete y de la piscina había pasado y que, por fin, podríamos estar tranquilos y solos cuando me dijiste que, después del banquete de bodas, era costumbre invitar por la noche a los más allegados a los recién casados, a una sala de fiestas. Y eso es lo que hice ya que, por lo visto, era algo inevitable. Estuvimos hasta altas horas de la madrugada en una de las salas de fiestas más famosas de Cuba: El Palacio de la Salsa, donde no sólo tuve que pagar la entrada de todos, sino invitarles a interminables rondas de bebidas, todas las que quisieron. Más de uno aprovechó la ocasión para beber hasta el punto de tener que salir casi a rastras cargado de alcohol, al concluir tan "maravillosa" velada.

Por fin, y tras despedirnos de todos, pudimos retirarnos a descansar a una habitación que había reservado en el hotel Nacional. Tratándose de nuestra noche de bodas no quería dormir otra vez con una parte de tu familia, todos juntos y hacinados, en el apartamento que había alquilado junto a la plaza de la Revolución, ese lugar amplio, céntrico y despejado, en el que se desarrollan los principales desfiles y concentraciones militares del país.

El pequeño apartamento lo alquilé solamente para nosotros, pero tu familia, cuando quise darme cuenta, ya lo había tomado al asalto. Sabía, no obstante, que tu gobierno no nos permitía a los turistas alquilar apartamentos o pernoctar y comer en casas particulares, para que fuéramos a dejarnos las divisas en dólares americanos a los hoteles y restaurantes. Sin dejar de tener en cuenta esa y otras muchas prohibiciones del dueño de Cuba, alquilé ese apartamento -que tenía un pequeño recibidor y una habitación con un minúsculo servicio-, en el que estaban apretados seis u ocho familiares tuyos, sin contarnos nosotros. Tu familia parecía no conocer o no querer tener en cuenta la intimidad de las personas, sobre todo de dos seres humanos que acaban de contraer matrimonio y desean, por lo menos el esposo, tener algo de espacio y tiempo privado, pero sólo para ellos.

Una vez en la recepción del Nacional, nos atendió un conserje para comunicarnos que el encargado de entregarnos la llave de la habitación estaba cenando, por lo que tendríamos que esperar hasta que terminara. Harto, cansado y enfadado le advertí que de inmediato saliera el responsable con la llave, porque si no entraría personalmente a recogerla. Esa fue la forma eficaz de que el controlador de las llaves interrumpiera su reposada cena para atendernos, aunque con mala cara. Antes de acostarnos todavía dedicamos un tiempo para lavar a mano, sobre todo, la parte inferior de tu traje de novia, porque al ser alquilado, si lo devolvíamos sucio, nos cobrarían un dinero extra. Con tu ayuda me evitaste ese gasto: ¡que grato e insólito recuerdo!

Nunca dejó de sorprenderme la perversa avidez de algunos cubanos para conseguir dinero a costa de los turistas. A aquéllos nada les importaba pues eran asalariados con un sueldo ínfimo -también con muy pocos escrúpulos- y parecían disfrutar viéndonos a los extranjeros sacar los billetes del bolsillo, en dólares americanos, como si se tratara de un ilusionista extrayendo sin cesar pañuelos de colores de un sombrero.

El gobierno cubano era perfectamente consciente del precio abusivo en divisas que imponía a los extranjeros por casarse con un cubano y sobre todo por sacarlo del país. Un matrimonio mixto entre un turista y un cubano, no podía ser de otra forma: un todo diseñado para que la persona extranjera se dejara en la isla una parte de su patrimonio. Y si la cubana que se casaba con el extranjero no le ayudaba a economizar, a evitar gastos innecesarios, el turista, como fue mi caso, volvía a su país desplumado y con el sentimiento de que se le había esquilmado y tomado el pelo empezando por su propia consorte. Todo un timo. Ahora puedo entender cómo es que la fortuna de tu depauperado y depravado presidente está considerada una de las mayores del planeta, y eso que aún sigue hablando, en sus largos y aburridos discursos, de la revolución y predicando el comunismo, aunque ya sabemos que no es lo mismo predicar que dar ejemplo.

Con relación a dichos discursos, todavía recuerdo aquél que pronunció ante los suyos, en el acto central por el cuarenta y tres Aniversario del asalto a los cuarteles Moncada y Carlos Manuel de Céspedes, en el teatro Carlos Marx, el veintiséis de junio de 1996. Su inicio decía así:

"Queridos capitalinos, ganadores con abnegado y tenaz esfuerzo y en dura porfía con villaclareños, matanceros, cienfuegueros, camagüeñanos y granmenses de este acto central por el veintiséis de junio: a todos los felicito –aplausos-. Combatientes de ayer y de hoy -más aplausos-, distinguidos invitados; entrañables compatriotas, agradezco a nuestro pueblo heroico y generoso el privilegio de conmemorar este aniversario del asalto al Moncada y al cuartel Carlos Manuel de Céspedes habiendo transcurrido tanto tiempo después de aquéllos hechos. Quizá nadie recibió nunca honor tan grande. Sería imperdonable no tener presente que más del setenta por ciento de los cubanos que hoy sostienen la Revolución, ni siquiera había nacido entonces. Ellos tomaron las banderas de los que dieron su vida en aquella acción, y pienso que nunca las dejarán caer. Me atrevo a dar las gracias en mi nombre y en el de todos ellos, porque llevo sobre mi conciencia el peso enorme de haberlos persuadido a realizar tan atrevida acción, sin que el azar me haya impedido recorrer tan largo trecho de lucha revolucionaria hasta este instante emocionante, cuarenta y tres años después..."

Tu hermana Liliana, coincidiendo con las vacaciones que estábamos pasando en Cuba en junio de 1996, y en aquél entonces adepta acérrima a las "bondades" del régimen castrista, no sé si recuerdas que me entregó el discurso completo y mecanografiado un día después de que tan sublimes razonamientos fueran pronunciados por su autor y televisados en directo para toda la nación. Rocé el límite de mi paciencia al escuchar, hasta su conclusión, el soporífero alegato de cerca de tres horas, con el fin de comprobar si percibía alguna relación entre el lenguaje verbal y el corporal del conferenciante, que observé paciente a través de la televisión, así como qué clase de argumentos tantas veces esgrimidos utilizaba tan magnífico demagogo, que a lo largo de casi cuarenta y tres años -a día de hoy, cerca de cincuenta y cuatro- había tenido atenazados a once millones de cubanos.

Esto que sigue tampoco te lo comenté durante nuestra convivencia. En contra de lo que es habitual en estos casos, y siguiendo con el relato de este apartado relacionado con nuestra boda, llegaste antes que yo a la sala donde nos casaría la notaria que había contratado. Me hubiera gustado respetar las buenas formas: haber llegado el primero al lugar de la ceremonia y esperarte. Incluso, cuando llegué, para mayor tribulación mía, me confundieron con el novio de otra boda que estaba a punto de celebrarse en una sala contigua a la nuestra; afortunadamente, en esos momentos entró corriendo el novio verdadero y ocupó el sitio que le correspondía, porque ya pretendían así por las buenas hacerme sentar junto a la desvalida y desconocida novia.

Te comento la causa de mi demora: impaciente, estaba aguardando en el apartamento a que tu hermano Freddy viniera a recogerme con el coche que yo tenía alquilado para llevarme seguidamente al lugar de la boda. Pero él, que como tú no entendíais de puntualidad, llegó más tarde de lo acordado. Durante ese tiempo de tensa espera, lo que pensé me pareció terrible, o sea, unos minutos antes de casarnos empecé a sentir un miedo casi paralizante. Tuve pavor y por ello llamé por teléfono a la notaria que momentos después nos casó, y mis sospechas fueron confirmadas por ella: en Cuba no estaba contemplada la separación de bienes.

Ante tantos desmanes, me tranquilicé pensando que estaba en ese país en el que todo desatino parecía ser posible e inevitable. Por eso, cuando llegaste a Zaragoza para iniciar nuestra convivencia, una de las primeras cosas que hice, pues ya en Cuba había visto y padecido suficiente e intuía lo que se me venía encima contigo, fue ir al notario para que ambos firmáramos las tan ansiadas capitulaciones matrimoniales. Por cierto, después que supiste lo que acababas de firmar, querías volverte atrás, pero ya no podías porque era demasiado tarde. Querías compartir todo lo mío, pero sólo lo mío, hasta las últimas consecuencias; según tú, por eso y para eso nos habíamos casado.

Hablaré a continuación sobre la segunda celebración de nuestra boda, la que hicimos en Guantánamo, tu ciudad natal, en compañía de tu numerosa familia. Valga decir que acudieron todos los que no pudieron estar con nosotros en La Habana el día que nos casamos, a excepción de tu madre y algunos hermanos que, como el omnipresente gorrón de Freddy, estuvieron en la celebración de nuestro banquete nupcial de La Habana y después en la segunda celebración, la de Guantánamo.

Lo primero que hicimos al llegar a esa ciudad fue organizar una excursión a la cercana costa; fuimos tus tres hijos y nosotros dos. Esos recuerdos me siguen pareciendo muy lindos. Los cinco parecíamos una pequeña y unida tribu; un grupo de cinco niños, comiendo dulces mangos que compramos en una aldea y jugando con los trozos de coral que había, abandonados por las olas, sobre la arena de aquella playa salvaje. Tenía la sensación de que éramos una familia unida y feliz. Tus hijos jugaban conmigo como si fuera el padre del que nunca pudieron disfrutar o un buen amigo suyo. Tú estabas preciosa ejerciendo de madre mientras yo me sentía orgulloso y contento de haberte encontrado, de poder disfrutar contigo de esa forma tan sencilla e inocente. Incluso llegué a pensar en plantearte quedarnos a vivir en Guantánamo, con tus hijos, porque la vida en esa pequeña ciudad me parecía única y creía que podríamos vivir con muy poco dinero. En la misma playa me propusiste tener un hijo porque yo no había tenido familia, pero te dije que de momento teníamos tus tres hijos y que si nos los llevábamos a España tendríamos suficiente trabajo para sacarlos adelante.

Al día siguiente de la excursión a la playa, empezamos los preparativos para ir toda la familia a una pequeña casa de madera que tu madre tenía en un bosque situado a varios kilómetros de Guantánamo. Llevamos seis *carros*[2] que alquilé para la ocasión, con los que posteriormente nos trasladaríamos junto al río Guantánamo, en donde cocinaríamos un puerco. Compré, además, bebida para celebrar nuestro enlace matrimonial con el grueso de tu numerosa familia.

Yo iba conduciendo el primer vehículo, el que encabezaba la caravana de los seis coches. En él íbamos tus tres hijos, tu madre, tú y yo. Y en el maletero el enorme e inquieto cerdo metido a la fuerza en un saco de lona, de tal forma que el pobre animal medio asfixiado no paraba de gruñir pidiendo un merecido auxilio. Detrás, tus hermanos, tíos, sobrinos, amigos..., toda una colorista multitud amontonada en los otros cinco coches que nos fueron siguiendo bulliciosamente desde la capital hasta la casa de tu madre en el monte, que resultó ser una choza de tablas medio de-

---

[2] Coches.

rruida, con un profundo estado de abandono, únicamente habitada por la suciedad y por multitud de arañas y belicosos mosquitos que pugnaban por establecer sus propias prioridades.

Lo primero que nos vimos obligados a hacer, entre unos pocos, fue adecentar el chamizo para ubicar en él al desdichado cerdo que salió disparado del saco y al que tras denodada persecución terminamos por dar caza. Intentamos dormir en la choza, tu madre, tú y yo, como pudimos, pues los aguerridos mosquitos no pararon de hostigarnos durante el sueño; los demás durmieron al raso, bajo las estrellas. Al día siguiente tu madre me concedió el "honor" de trasladar en mis hombros al pesado puerco hasta el río, mientras el rácano de Freddy llevaba varios paquetes de bebidas; y Balsitas, tu otro hermano, hacía lo propio con una extraordinaria barra de hielo. Ya en el río, tu madre eligió a tus dos hermanos para que acabaran con la sufrida y ajetreada vida de tan paciente cerdo.

De lo que vino después ya nada sé ni recuerdo, porque me vi obligado a dejaros. ¿Te acuerdas? Casi de repente me sorprendió una extraña sensación de fiebre y diarrea por beber agua de dudosa calidad en diferentes lugares. Debí coger parásitos intestinales. Me llevaste a casa de un tío tuyo que vivía cerca de la choza de tu madre y allí, tumbado en un camastro, esperé hasta que llegó un médico desde la ciudad traído por Balsitas, a suministrarme algunos medicamentos que resultaron ser eficaces.

Por la tarde aún pude trasladarme hasta el río y disfrutar un poco del festivo ambiente familiar y de la carne asada del cerdo. Luego volvimos todos a Guantánamo y dimos por terminada la fiesta o, lo que es lo mismo, la demostración ante tu gente de lo muy afortunada que eras al haber pescado a un español capaz de tanto derroche económico. Intentabas ser algo o alguien que no eras delante de ellos. Y así te fue, porque con esa conducta de aparentar seguías empequeñeciendo tu verdadero yo y terminaste por no desarrollarte en campos donde hubieras podido destacar de forma natural.

Tan cansado estaba de tanto gasto estúpido, que te pedí salir rápidamente de Guantánamo para volver a La Habana y alejarnos del enloquecedor enjambre que para mí representaba tu familia, que parecía estar encantada gastando del bolsillo de otro. Tú, y casi toda tu familia, parecíais ignorar las leyes naturales del respeto y la decencia.

MÁS ANÉCDOTAS DE CUBA.

En una ocasión íbamos en el coche circulando por el malecón habanero, cuando vimos en la acera a una pareja haciendo *botella*[3]. El hombre, que iba con muletas, tenía una pierna amputada, por lo que decidimos que ambos subieran al coche y los llevamos hasta una finca de recreo para turistas, situada en Playas del Este, a unos veinte kilómetros de La Habana. Aprovechamos para comer en el restaurante del lugar, junto a la piscina, pero el matrimonio que a su vez era pareja artística, en agradecimiento por el favor de llevarlos a la finca estuvieron interpretando para nosotros románticas canciones de amor acompañados de una guitarra, mientras comíamos. Ellos eran parte del atractivo que ese parador ofrecía a los turistas para su entretenimiento.

En la finca, con el mismo fin, había caballos llevados de España que estaban a disposición de los residentes que desearan darse un paseo. Los bungalows eran casitas de lujo alquiladas supuestamente por los acaudalados turistas, pues

---

[3] Autoestop.

en el interior de ellos no faltaban las más sofisticadas comodidades domésticas, aunque externamente pretendían parecer simples cabañas de descuidada madera y techumbre de paja.

Antes de marcharnos de tan idílico lugar y después de presenciar una encarnizada y nada instructiva pelea de gallos, este simpático matrimonio nos presentó al gerente, que resultó ser un cargo de confianza elegido a dedo por el gobierno cubano, como otros muchos altos funcionarios, de modo que al comprobar que yo era español intentó convencerme -utilizando esa demagogia propia de quien no sabe lo que dice o pretende embaucar a otro- de que los derechos humanos en Cuba eran mucho más respetados de lo que en España pensábamos la mayor parte de los españoles. Concluí diciéndole que me costaba creer que, en un país donde imperaba una mordaz dictadura, como era el caso de Cuba, se respetaran los derechos humanos. Recordarás que subimos al coche y nos marchamos rápidamente, antes de que este señor pudiera reaccionar y me delatara como "posible enemigo del régimen" a la susceptible y omnipresente policía cubana.

Otro día, yendo solo en el coche, recibí un impacto emocional enorme. Estaba terminando de repostar en una estación expendedora de combustible -de uso obligado para los turistas, por eso la gasolina era más cara- en La Habana, cuando después de pagar me dispuse a poner en marcha mi vehículo.

-¡Por favor, necesito ayuda! -gritó un hombre golpeando suavemente el cristal.

Al bajar la ventanilla para atenderlo se puso de rodillas en el suelo.

-¡Auxilio! –volvió a gritar mientras lloraba y se subía una de las perneras de su andrajoso pantalón.

Lo que pude ver me pareció horripilante pues apareció al descubierto la cara interna de su pierna totalmente descarnada, sanguinolenta y cubierta de suciedad, como consecuencia de un terrible accidente de moto.

Casi al inicio decía que Cuba eran risas, música de salsa, ron, disfrute, calor tropical, gentes alegres... Ahora, lo que estaba viendo, era otra cosa. Tenía ante mis ojos a un hombre que era la viva imagen de la otra Cuba que no conocía: la pobre, la necesitada, la olvidada por todos; la de gentes que sufren lo indecible. A mi lado tenía a un hombre desesperado, necesitado y hundido por la extrema necesidad. Yo estaba conmocionado, como si acabara de recibir un fuerte golpe en la cabeza. Por fin reaccioné.

-¡Levántese, por favor! Ningún hombre debe arrodillarse ante nada o nadie.

-Necesito urgentemente un antibiótico –se puso de pie- especial para ponerme en tratamiento porque en caso contrario, según me han dicho los médicos, corro el riesgo de que me amputen la extremidad.

-Suba al coche rápidamente –le dije sin pensarlo.

Él carecía de medios. Tras visitar varias farmacias para turistas -las farmacias para los cubanos estaban prácticamente desabastecidas de fármacos modernos-, pudimos encontrar los tan ansiados y caros antibióticos que pagué con gran satisfacción porque pude ser útil a una persona que de verdad necesitaba ayuda.

Prosigo. En mi afán por hacer negocios en Cuba, un día salí del apartamento que había alquilado en el distrito habanero llamado La Víbora y me encontré con que estaba lloviendo a raudales: se trataba de una tumultuosa catarata proveniente de lo alto, una tormenta tropical a la que ni mucho menos estaba acostumbrado aquí en España. Como tal cantidad de lluvia me hubiera empapado en unos pocos segundos, recapacité y me dirigí a gritos, cobijado junto a la puerta del apartamento, a un señor bien trajeado que estaba aparcando su coche, porque el que yo tenía alquilado lo tuve que devolver a la oficina de alquileres ya que se había averiado -los coches de alquiler cubanos, aunque nuevos y con pocos kilómetros, según parecía, no eran sometidos a las revisiones oportunas y carecían de mantenimiento por lo que se estropeaban con frecuencia-.

Aquel señor enseguida aceptó mi propuesta de llevarme con su flamante vehículo al centro de negocios que le indiqué, aunque me aclaró que no aceptaba el dinero que le había ofrecido por su servicio puesto que disfrutaba de una magnífica situación económica merced a sus ingresos como cineasta, profesor de la Universidad de La Habana y científico colaborador en varias universidades españolas. Esperó a que terminara la reunión de negocios y me recogió de nuevo con su antiguo pero bien cuidado Cadillac para llevarme al apartamento en el que tú me esperabas con la comida hecha, lista para los dos. Por motivos que todavía no entiendo, en el trayecto, me propuso un proyecto para llevarlo a cabo con él. Si sacó provecho nunca lo supe, pues recordarás que una semana después volvíamos tú y yo a España después de haber concluido nuestras vacaciones.

El impecable caballero se llamaba Tomás. Como ateo que dijo ser quería contribuir a erradicar, en la medida de sus capacidades, cualquiera de las modernas religiones que estaban empezando a echar raíces en Cuba en aquéllos años.

-La religión se ha convertido hoy día en una gran trampa social —dijo convencido-. Las religiones son los colectivos de personas que, en beneficio propio, han cometido más atrocidades contra la humanidad desde que se inventaron; ellas producen sectas y luchas intestinas -su aire de seriedad fue en aumento, parecía que estaba dando un apasionado discurso-; las exhibiciones religiosas operan como mecanismos aisladores que separan una comunidad de otra y, a pesar de predicar amor y caridad, muchas organizaciones religiosas tienen una historia de guerras santas, represión e intolerancia, hechos que es bueno tener en cuenta. Por otra parte, el poder de los dioses queda reflejado fehacientemente en su habilidad para obtener la reacción sumisa de muchas personas al mismo tiempo, lo que se demuestra organizando reuniones en masa para asistir a ceremonias religiosas o participar en acontecimientos compartidos; así que ¡religiones y dioses no, gracias! —concluyó, casi con furor.

Como le dije que me gustaba escribir, que colaboraba con mis artículos en diferentes publicaciones relacionadas con los derechos humanos y que, después de muchos años, había conseguido desprenderme de la pesada y molesta carga que para mí había supuesto la religión que me impusieron mis padres y educadores, comenzamos a simpatizar y me pidió el favor de que le hiciera por escrito un supuesto de cómo creía yo que podría ser el nacimiento de una nueva religión semejante a la cristiana. Después que se lo entregué resumido, y no exento de ironía de la manera que sigue en párrafos posteriores, estuvimos reunidos para darle forma. Me dijo que él lo ampliaría e incluso trataría de llevarlo a la pantalla a fin de crear una comedia, porque era un sueño largamente acariciado como cineasta y contaba con medios para ello.

"¿Qué sucedería si un hombre y una mujer pretendieran emular lo que se dice ocurrió hace 2007 años en Belén? ¿Podría nacer otra religión, otro líder, un nuevo poder u orden para manipular y dominar de otra forma a los demás? El recién nacido, damos por hecho que varón, ¿lo considerarían hijo de Dios?

Supongamos que una pareja de jóvenes que acaban de tener un niño se instalan eventualmente los tres en un pueblo, apartado del mundanal ruido, en una humilde cabaña construida a tal efecto. ¿Qué impacto tendría en esa pequeña aldea el hecho de que se hiciera correr, por ejemplo, la noticia de que un recién nacido ha venido al mundo tocado y favorecido por la postrera y benefactora influencia de todos los dioses que hasta la fecha han sido adorados por los hombres, ya que los supuestos dioses no pueden enderezar el asunto -de las guerras santas y no santas, corrupciones, calentamiento y destrucción del planeta, terrorismo internacional, globalización y un largo etcétera- y delegan sus competencias en un nuevo Dios, al que le entregan todos sus poderes deíficos?

Antes de seguir adelante y recreando la suposición inicial, aún más, pensemos en lo obvio: detrás de la noticia eso sí, maquillada de sensacionalismo, hay unos fuertes intereses económicos como los ha habido y hay en todo proyecto religioso, que interesa salga adelante al precio que sea y caiga quien caiga.

¿Sería disparatado pensar que la casta sacerdotal oficial todavía hoy dominante -aunque por fortuna cada vez menos influyente-, no utilizaría como ha hecho siempre los más perversos medios a su alcance para acallar la tan, para ellos, amenazadora noticia?

¿Se podría hacer trascender el mensaje de que en Neópolis, una olvidada y casi deshabitada aldea junto a La Habana, en una desvencijada casucha iluminada por una estelar, rutilante y misteriosa luz producida por sofisticados efectos especiales ha nacido un niño varón que con pocos días de vida, con sólo acariciarlo, cura las más pertinaces enfermedades?

¡Atención, el momento ha llegado para todos! Las señales celestes aseguran la profecía que anunciaba el nacimiento del nuevo gran benefactor. En estos momentos se piensa en crear hasta un nuevo calendario, acorde con los también nuevos tiempos: el calendario de Neópolis. Y ya se empiezan a suprimir las antiguas estampas, pinturas, esculturas de santos, vírgenes y demás personajes "milagrosos" ajenos a los tiempos que corren.

Otra novedad algo posterior, no menos importante, es que se dice que el niño empieza a caminar resueltamente con seis meses de edad dando incipientes señales de una precoz inteligencia, lo que hace pensar a los privilegiados que le contemplan que, se trata de un ser cuya mente excepcional, va a revolucionar todo lo conocido. Han pasado dos meses más y el prodigio cósmico hecho persona balbucea diversos e ininteligibles idiomas, además del lenguaje de sus padres.

Tres años después, Multideus -muchos dioses reunidos en Él mismo-, ya llena a rebosar la enorme y flamante iglesia recién construida en la nueva ciudad de Neópolis -la aldea primitiva natal se ha convertido en ciudad floreciente- pues sus muchos adeptos quedan inflamados por el inigualable verbo del niño precoz, del nuevo mesías.

Manipulator, su padre, exhorta con el ardor -ha recibido cursos intensivos de oratoria y marketing- y la vehemencia propia del manipulador que quiere no solo fidelizar, sino fanatizar a los nuevos y alocados conversos para que prediquen y extiendan su particular verdad, la auténtica, a los cuatro vientos. Otro tanto hace con los boquiabiertos periodistas, cada vez más numerosos en Neópolis, los que están ansiosos por llevar a sus países de origen la noticia de que un ser excepcional, omnipotente y novedoso, llamado Multideus, está obrando más y mejores milagros demostrados que aquél que se dice por muchos nació en el año 0 y que fundó la religión "de los pobres" pero que, con el transcurrir del tiempo, y no conociendo del todo bien las causas, llegó a ser una de las multinacionales más poderosas y lucrativas del planeta: la religión "de los ricos", la de la Iglesia católica.

Multideus, ya adolescente y consciente de la mina de oro que tiene entre las manos, está dando elocuentes conferencias en las más prestigiosas universidades del orbe a los científicos más reconocidos y sus libros se traducen rápidamente, edición tras edición, incluso a los más extraños dialectos de lejanos y recónditos lugares; obras que producen pingües beneficios en favor de la nueva "empresa familiar": la nueva religión diseñada por Manipulator y que se llama Veritas -la única verdad-.

Papá ha pasado a ser su director gerente pues Multideus ha muerto definitivamente, después de volver a resucitar al tercer día, porque así lo había designado Manipulator. Las necesidades del guión aconsejaban estas maniobras. Su muerte -las exaltadas multitudes visitan en peregrinaciones sucesivas la tumba del insigne, para ser salvadas-, está dando ingentes y nuevos ingresos al progenitor, que pretende convertirse no solo en el personaje más popular y acaudalado de Cuba, sino en la principal fortuna y líder indiscutible de la Tierra. En breve aspira a convertirse en el nuevo presidente de la Trilateral y ser admitido en la Skull and Bones, también llamada Hermandad de la Muerte, organización iniciática satanista fundada en 1833 en el seno de la elitista universidad norteamericana de Yale".

Aunque en tu país imperaba y todavía perdura una atroz dictadura, es bien sabido que la Masonería cubana gozaba de un gran prestigio, tanto en la isla como en otros países. Sin embargo, en su edificio de once plantas ubicado en la avenida de Salvador Allende de La Habana -sede central de la orden masónica para todo el país y en el que estaban ubicados en la última planta los despachos de los grandes dignatarios de la orden, junto a numerosas dependencias destinadas a salas de grandes reuniones y diversas logias en el resto de las once plantas-, el gobierno castrista tenía tomadas tres de sus plantas para sus propios fines desde donde aprovechaba para ejercer el control de una institución, la masónica, que decía defender las libertades, cosa que contravenía los intereses del diabólico dictador cubano y sus secuaces, aunque la toleraba porque no representaba una gran amenaza para sus personales intereses, siempre y cuando no se hablara en las *tenidas*[4] de libertad o de democracia. Por cierto, no sé si sabes que a Fidel Castro le han concedido recientemente el título de Doctor Honoris Causa en Ciencias Informáticas.

Tomasito, como así me dijo que podía llamarle en el futuro, resultó ser masón como yo lo era en aquéllos años. Pertenecer a la Masonería era un honor para un cubano, ya que uno de los principales liberadores de la patria como an-

---

[4] Reuniones masónicas.

tigua colonia española, José Martí, entre otros, considerado el héroe nacional cubano, había sido masón. No sólo me acompañó a saludar al entonces Gran Maestro de la Gran Logia de Cuba, máximo representante de la Masonería cubana, sino que el hecho de ser ambos masones aceleró un inicio de cordial amistad y sincera confianza entre los dos.

Algo que también acepté de él fue su nueva propuesta de presentarme a varios miembros, no masones, que formaban parte de la disidencia, fundamentalmente escritores y pintores que no sólo no seguían los dictados de Castro sino que, desde el interior de la isla y a través de sus propios contactos, lograban sacar al exterior una parte de sus obras o manifiestos en los que denunciaban ante la opinión pública internacional las penurias a las que estaban sometidos la mayor parte de los cubanos: falta de suministros esenciales como la comida, el agua, la electricidad, los transportes públicos y sobre todo falta de libertad y un severo control de la población a través de una red de comités de vecinos dirigidos por el Servicio Secreto; así se explicaba también que en Cuba no existía ni existe una oposición digna de mención que, por otra parte, estaba fuertemente instrumentalizada por los Estados Unidos, el exilio y por obra de la Seguridad del Estado que era la represión en el propio país.

La mayor parte de estos disidentes eran colaboradores de Cubanet, organización no partidista dedicada a promover la prensa libre en Cuba e informar al mundo acerca de la realidad cubana, teniendo en cuenta que algunos periodistas y otros colectivos independientes, miembros de la creciente sociedad civil de la isla, no tenían ni tienen posibilidades de publicar sus trabajos ni en Cuba ni en el extranjero y, al igual que todos los ciudadanos comunes, tampoco pueden acceder a Internet.

Tomasito me propuso grabar con mi cámara de vídeo una reunión que mantuvimos con dichos disidentes, en un lugar extremadamente discreto, pero no acepté por el enorme riesgo que entrañaba para mí el hecho de sacar ese material filmado de Cuba e intentar burlar con ello el férreo control policial de la aduana del aeropuerto de La Habana.

Aunque todavía guardo algunas de las anotaciones fruto de la reunión con ellos, no las voy a transcribir en su totalidad para no añadir mucho más contenido sobre el mismo tema y quizás cansarte con ello. Resultó ser harto interesante porque pude ver y oír desde la "primera fila" y de primera mano, una parte más de la realidad de tu país, esa que se procura guardar celosamente por el régimen dictatorial a los ojos y oídos de los turistas, de periodistas, curiosos y sobre todo de la sociedad internacional.

Tomasito me presentó a un hombre de unos cuarenta años que acababa de ser puesto en libertad, tras cumplir una condena de diecisiete largos años de prisión por el delito -como era y es en Cuba- de pensar diferente.

-Jamás he colocado una bomba terrorista, ni he ejecutado actos de violencia; tampoco he recibido dinero de gobiernos extranjeros. Tras los barrotes de la celda he soportado vejaciones, palizas y torturas, sin transigir un ápice en mis convicciones. —afirmó con tristeza, mientras sus colegas asentían- Mi lucha comienza a partir de este momento. No tengo temor. No quiero regresar a la cárcel, pero no tengo miedo. Mi temor es claudicar, no continuar hacia delante...

No sé si recuerdas, Marielis, que Tomasito -ese hombre con el que todavía mantengo la relación-, nació en la ciudad selvática de Nauta -Perú-, estaba casado y era padre de nueve hijos. De adolescente nos dijo haber trabajado como cauchero en la región amazónica del río Itaya, junto a su desembocadura en el Amazonas; como su padre era un reconocido ingeniero peruano, fue contratado por el gobierno de los Estados Unidos, por lo que el joven Tomás se trasladó a ese país con sus padres y en Colorado aprovechó para graduarse por la Universidad de Michigan, ciudad en la que empezó a desarrollar sus aficiones por la escritura y la investigación. Años más tarde y, después de fallecer sus padres, se trasladó a vivir y a trabajar a Cuba, contratado por el todavía actual gobierno de la represión, aunque secretamente me dijo ser contrario a la dictadura del "barbudo loco", o lo que es lo mismo a la falta de libertades que imperaban e imperan en Cuba.

Por la enorme riqueza que a mi juicio entrañaba la narración de su aventurero e interesante pasado, todo cuanto me contaba acerca de sí mismo lo escribía después de despedirnos, pero tú, Marielis, no le concedías al asunto la menor importancia, dejando claro que era un oportunista y que lo que quería era sacarme el dinero. Esa era tu mejor respuesta, el único significado que encontrabas y el más simple a tu alcance para disuadirme de estar con él, pero al repasar las notas de entonces que ahora te estoy transcribiendo reflexiono y estimo que te estabas viendo reflejada en él; quiero decir que proyectabas tus propios esquemas oportunistas en la persona de Tomasito. No contenta con ello, pretendías seguir alejándome de él.

-Es ateo –me decías-, cuida con él. Los ateos son mala gente.

-Estoy convencido de que en el mundo hay ateos que son muy buenas personas –te respondía-. Prefiero un buen ateo -o un ateo bueno- a un mal creyente -o un creyente malo-.

Al tratarse de una persona libre, él no podía entender la presencia y utilidad real de la Monarquía en España:

-¿Cómo toleran ustedes, los españoles -me dijo- que los sigan esquilmando, camino del siglo XXI, emocional y económicamente con una institución de aprovechados e intocables propia, en todo caso, de tiempos pretéritos?

Como antes he empezado a señalar, gracias a él empecé a entablar amistad con varios de los dirigentes de la Masonería cubana. Yo había sido iniciado aprendiz masón en una logia de Zaragoza unos años antes y esa, no obstante, fue la puerta principal que me permitió acceder a ellos. Esta relación me enriqueció interiormente porque continuamos la comunicación después de mi regreso a España por medio de la correspondencia postal y, por mi parte, como pudiste presenciar en Zaragoza, intenté corresponder enviándoles algo de dinero y medicinas tan necesarias en un país en el que como sabes eran prácticamente inexistentes, y las pocas que se podían encontrar eran inaccesibles para los cubanos por ser excesivamente caras.

La Masonería cubana gozaba, como en otro lugar te he comentado, de un merecido prestigio internacional, no sólo por ser una de las más antiguas del planeta, sino por la enorme actividad humanitaria que desplegaba en una sociedad, como la cubana, tan necesitada de ayuda material y espiritual.

No puedo decir lo mismo de la Masonería española que conocí en aquellos años, entretenida en luchas de poder y conflictos internos, y dividida en diferentes e incomunicadas facciones o sectas estancas: un trampolín utilizado por algunos oportunistas "espirituales" para hacer negocios en España y en el extranjero.

En Cuba, ningún masón ocultaba su calidad de masón; en España, con la excusa de la Guerra Civil en que fueron cruelmente perseguidos y casi aniquilados por la posterior dictadura franquista, los masones tratábamos de ocultar por todos los medios nuestra pertenencia a la Orden, como si todavía tuviéramos miedo a ser ajusticiados por ello. En mi segundo viaje a Cuba -enero de 1995-, recuerdo con afecto que me acompañaste hasta el piso undécimo de la sede central de ellos, al que llegamos a pie y agotados porque el viejo ascensor no funcionaba. ¿Te acuerdas? Once pisos cargados con material quirúrgico completo por duplicado para realizar una operación de varices a un masón, y varias bolsas repletas de medicinas que traje de España para otros miembros masones que las necesitaban.

También recuerdo gratamente nuestra despedida en el aeropuerto a finales de diciembre de 1994, tan plena de sincera emotividad. Tú no creías que iba a volver a La Habana a casarme contigo -a primeros de enero de 1995-, y yo estaba convencido de que quería pasar junto a ti el resto de mis días. Cuando una semana más tarde, el tiempo que precisé en conseguir los papeles necesarios para casarnos, volví, tú me estabas esperando en la misma sala del aeropuerto y nuestro reencuentro, unido al sentimiento de aquél abrazo nutrido de suaves besos y caricias, esa ternura tan infinita, siempre me ha acompañado. Esos momentos fueron tan inocentes, tan bellos... Si queríamos seguir estando juntos, ¿por qué no supimos prolongar indefinidamente tales sentimientos?

Con motivo del viaje que hicimos juntos a Cuba en 1996, ya casados y coincidiendo con nuestras vacaciones estivales, aprovechamos para ir a visitar a tu madre y demás familia y llevarles los abundantes regalos que compraste para ellos en España. Nos recorrimos la isla de extremo a extremo. Más de mil kilómetros, desde La Habana a Guantánamo, de sorpresas casi ininterrumpidas de las que destacaré a continuación algunas por la impresión que en su momento me causaron.

Aún recuerdo vívidamente ese viaje, de más de un día de duración, que hicieron con nosotros varias gallinas y un gallo que compré para tu madre. Las pobres aves tuvieron que soportar el trajín variopinto de personas que subían y bajaban del coche a lo largo del recorrido, hacinadas en los asientos traseros, que por cierto para mí fue un cúmulo de vivencias inolvidables: escuchar sus historias, las penurias de aquellas gentes tan sometidas por su propio y tirano régimen político. El viaje lo hicimos por la que entonces llamabais Ocho Vía, una "autopista" que pretendía unir los dos extremos de tu alargado país de más de mil doscientos kilómetros, pero que carecía de cualquier tipo de señalización, o sea, las típicas señales de tráfico, tanto horizontales como verticales, que sirven para orientar al conductor y que le facilitan no sólo el viaje sino su seguridad y la de sus acompañantes.

La antigua y aparentemente poderosa Unión Soviética se había venido abajo y como país hermano de Cuba que antaño fuera, el gigante ruso se vio obligado a suspender la ingente ayuda que casi siempre prestó a su hermana pequeña. Por ello, la desvalida Ocho Vía estaba inconclusa y necesitada en extremo de mantenimiento pues, por poner un ejemplo, de vez en cuando se convertía inesperadamente en lo que debió ser antes: una tortuosa carretera o un simple camino de tierra y piedras. Cuando se nos hizo de noche tuve que conducir con sumo cuidado para no ser víctima de una rotura de neumáticos, mientras iba sorteando los numerosos baches que poblaban tan depauperada autopista y de esa forma no caer en ellos, capaces de reventar una o más ruedas, como ya me sucediera en una ocasión.

Sólo el hecho de transitar por esa traicionera vía convertía el viaje en una peligrosa aventura susceptible de tener un accidente, más aún para mí que no estaba acostumbrado a carreteras como esa ni a la presencia de otros usuarios que conducían sus coches imprudentemente. Como no tenía una mediana que delimitara los dos sentidos de circulación, más de uno cometía la temeridad, doy por hecho que involuntaria, de conducir en el mismo sentido que el que íbamos nosotros: una sorpresa en modo alguno agradable que me ponía los pelos de punta, porque me tenía que salir precipitadamente de la calzada para evitar el choque y conducir un trecho por el abrupto arcén de piedras apisonadas.

Uno de mis objetivos durante este viaje a Guantánamo era aprovechar el coche y utilizarlo para que a lo largo del trayecto subieran y viajaran en él varias personas, y poderlas llevar el tramo que precisaran, puesto que en Cuba, al carecer prácticamente de transportes públicos, los sufridos viajeros se veían abocados a esperar, incluso a pernoctar acostados en las cunetas o arcenes para que alguien, acaso al día siguiente, algún camión o coche que tuviera un hueco para ellos se detuviera y les invitara a subir.

En una de las paradas hice lo propio con una anciana cargada con varios paquetes, pero cuando se disponía a subir a mi coche, se le adelantó inesperadamente un joven y altivo policía, de modo que bajé y le obligué a que se apeara, por lo que el esbirro castrista se vio además rodeado de ojos acusadores que le decían que el coche, aunque alquilado, era mío, y que por tanto sólo yo decidía quien subía en él y quien no. ¿Recuerdas, Marielis, todos estos detalles? Cuando el prepotente policía bajó del coche, pudo la abuelita subir a él, y vino hacia mí corriendo un hombre con los brazos abiertos dándome la enhorabuena mientras me abrazaba, por el gesto que tuve con la viejita y con el policía. A ella la llevamos hasta un pueblo próximo a la autopista y nos invitó, junto con su esposo, a que tomáramos un café en su casa; parecían muy pobres y el café era lo único que nos podían ofrecer. Con vivencias de este tipo, no podía sino emocionarme y agradecer a la vida las oportunidades que me concedía de dar y recibir cariño.

Incorporados a la Ocho Vía proseguimos la ruta, y próximos a la ciudad de Cienfuegos subió con nosotros un matrimonio al que llevamos hasta Ciego de Ávila; por ese favor que les hicimos también nos invitaron a su casa y nos obsequiaron con medio saco de *papas*[5] que se lo regalamos luego a tu madre nada más llegar a Guantánamo.

Cuba era así: un país hermoso y potencialmente rico, asolado por la falta de libertad, por la extrema pobreza y por la escasez generalizada de medios; con un precario sistema de transportes y vías de comunicación, y con una economía rota; pero sus gentes, en general, generosas y alegres. La situación de pobreza era tanta en tu país que muchos de los niños cubanos parecían enloquecer de alegría cuando se les regalaba un bolígrafo o un sencillo cuaderno para que pudieran escribir.

Cuando llegamos a Camagüey se nos hizo de noche y tuvimos que pernoctar en un pequeño parador junto a la Ocho Vía. Al entrar en él quedé pasmado porque podía

---

[5] Patatas.

apreciarse la presencia de un cartel en el recibidor que hacía saber de forma amenazadora y sin circunloquios, que ese lugar estaba regentado y habitado por fieles acérrimos al régimen castrista y que, caso de peligrar la dictadura, el "parador" se convertiría de inmediato poco menos que en un fortín o foco de resistencia armado contra los posibles amantes de la libertad y el respeto a los derechos humanos.

Cuando leímos el letrero en cuestión, hiciste bien en recordarme que tuviera cuidado con lo que hablaba pues ellos, a la mínima sospecha que hubieran tenido sobre mí, o se tomarían la justicia por su cuenta o serían los primeros en denunciar a la policía que yo era un enemigo de la patria, un enemigo denunciador de la palpable ausencia de libertad que había en Cuba. No pretendo con estas u otras expresiones parecidas, plasmadas en este escrito, convertirlo en algo político pues la política y las sucias artimañas que por lo común la acompañan, jamás me interesaron ni siquiera en mi propio país, pero sí que debo recordarte que era y soy una persona sensible, que le gusta expresar lo que siente cuando tiene la ocasión, sobre todo si percibe alguna injusticia o atentado contra los derechos humanos y la libertad.

A la mañana siguiente proseguimos viaje, que culminó en Guantánamo. Pero entre tanto, por la famosa y sorprendente Ocho Vía, no dejamos de encontrarnos en medio con algún que otro grupo de vacas transitando por ella o tumbadas echando un sueño sobre los vestigios de asfalto de su calzada, o aquél camión cargado de plátanos verdes cruzado, con su conductor con los brazos extendidos pidiendo ayuda a gritos para que alguien parara y le arreglara la avería. En fin, un todo de sorpresas de diferente color, tamaño y sabor, como el que tenía el queso fresco artesano comido con pan recién salido del horno o el enorme trozo de cerdo cocinado a las brasas o el pescado que preparó tu madre con arroz cuando llegamos a casa, y que todo ello compramos a las gentes que vendían éstos y otros muchos productos a lo largo del trayecto, que esperaban con sus mercancías a la orilla de la carretera a que algún conductor detuviera su coche para comprarles.

Después del viaje que antes he narrado, al llegar a Guantánamo, una de las primeras cosas que hicimos fue acudir al Departamento de Energía del Ayuntamiento de la ciudad. Conversé con el funcionario responsable y ante su obstinada e incomprensible negativa de extendernos un contrato para suministrar butano a la cocina de tu madre, le ofrecí un billete de cincuenta dólares, pero no aceptó el soborno ni siquiera cuando le dejé otro más junto al primero del mismo importe, sobre la mesa de su despacho. En aquél entonces, en Cuba, era uso corriente el hecho de sobornar y dejarse sobornar a cambio de dinero. En adelante, y cuando estuvimos de vuelta en España, parte del dinero que enviabas cada mes a tu familia era para que tu madre comprara en el mercado negro una bombona de tan preciado combustible.

Hay una pequeña e íntima anécdota que no quisiera obviar. No sé si estabas presente cuando le pedí disculpas a tu madre, estando los dos todavía en Guantánamo, por mi olvido de pedirle tu mano antes de casarnos. Ella comenzó a reír y me dijo que, aunque al principio le parecí mayor para ti, pues entre nosotros había diecinueve años de diferencia, vio con buenos ojos tu matrimonio conmigo, pues intuía que iba a ser no sólo un buen esposo para ti, sino una persona capaz de ayudar económica y generosamente a toda la familia. Ante tan abrumadora sinceridad, y para no iniciar una estéril y penosa polémica opté por no responderle nada al respecto.

INICIO DE LA CONVIVENCIA EN ESPAÑA.
NUESTRA QUÍMICA COMO PAREJA.

A los dos meses de regresar a España después de haber finalizado mi segunda estancia en Cuba, y de habernos casado, te reunías conmigo en Zaragoza. Te fui a buscar a Madrid, lleno de ilusión; acababas de llegar por vía aérea. El encuentro contigo en el aeropuerto fue para mí un acontecimiento bello, porque ya llevaba tiempo entusiasmado y ansioso por verte para comenzar nuestra convivencia. Te encontré cohibida, incluso vulnerable, quizá por percibir de repente tantas novedades con relación a tu país. Pensé que era normal porque todo era distinto para ti; además, representaba el comienzo de una vida para los dos en común y atrás, muy lejos, habías dejado demasiadas cosas, incluyendo a tu familia. Al verte me comprometí conmigo mismo, en silencio, a que en adelante cuidaría de ti y te protegería, más aún teniendo en cuenta que llegabas de tu país al mío; de una cultura a otra demasiado distinta, y aquí en España no conocías a otra persona excepto a mí.

A los pocos días de tu llegada te anuncié que mis compañeros de la logia masónica a la que pertenecía aquí en Zaragoza, habían preparado una cena de gala con sus esposas en el magnífico restaurante del hotel Rey Alfonso. El motivo principal de ese encuentro era conocerte, también agasajarnos y desearnos lo mejor como pareja. Todos, incluso nosotros, íbamos impecablemente vestidos, la ocasión así lo requería. Llevabas un precioso y femenino vestido lila, que cada vez que te miraba me prendaba más de ti. Estabas increíblemente hermosa. En la mesa, adornada con diferentes clases de flores naturales, no faltó de nada para saciar nuestro apetito.

Ahora casi me emociono al recordar que nos hicieron sentar en el lugar de honor, en la cabecera de aquella enorme y alargada mesa a la que estaban sentados mis colegas con sus esposas. Coincidiendo con los postres nos hicieron entrega de diversos y valiosos regalos: una moderna batería de cocina, una vajilla y un juego completo de vasos y copas. Varios tomaron la palabra, sobre todo, para darte la bienvenida y felicitarnos, mientras brindábamos todos con todos, para desearnos salud y felicidad. Y en medio de aquel distendido ambiente familiar, nos invitaron a hablar. Aunque estaba acostumbrado a hablar en público, me sentía totalmente nervioso y sólo pude articular unas pocas y emocionadas palabras de agradecimiento por tanta generosidad, pero tú me sorprendiste con una simpática y desconocida soltura oratoria que te agradecí. Estos fueron unos de los momentos más bonitos e inolvidables vividos contigo.

Un día, leyendo algo de C. G. Jung reparé en esta frase: "El encuentro de dos personalidades es como el contacto de dos sustancias químicas; si hay alguna reacción, ambas se transforman".

En contadas ocasiones nos ocurrió algo parecido a lo expresado por el conocido psicoanalista suizo y tampoco disfrutamos de eso que aquí en España llamamos "química"; e incluso ahora dudo que nuestras vibraciones o formas de pensar y sentir coincidan, por lo que posiblemente seguirás sin compartir muchos de los sentimientos plasmados en estas páginas.

Sabes que viviendo contigo ya me gustaba escribir. Desde la adolescencia, y con el paso de los años, esa afición se ha convertido en una necesidad para mí, porque es como viajar o la forma más sencilla de gozar y a la vez de sufrir en el menor espacio de tiempo. Lograr que otros participen en nuestra vida a través de nuestras historias, y dejar huella con ellas, sólo es posible si transmiten una imagen auténtica del narrador: ese es uno de los objetivos que pretendo alcanzar cuando escribo. Llegado a este punto, se me ocurre una reflexión: ¿somos quienes creemos ser? Pienso que uno no sabe realmente si la memoria es una gran fabuladora o si en la revisión de los hechos que estoy haciendo a lo largo de estos párrafos, está toda la verdad acerca de lo que tú y yo vivimos en común. Esa es la pregunta que me hago y que a la vez te planteo.

Después de escribir *La clara visión*, mi anterior libro, me di cuenta de que tenía más cosas que contar y compartir. Ello me indujo, entre otras cosas, a escribirte esta larga nota. *La clara visión* es un libro editado en Internet y está basado en las experiencias que viví con un chamán de la selva amazónica del Perú a lo largo de cuatro viajes consecutivos -entre los años 1998 y 2001-, compartiendo con él y su familia techo y mesa, además de recibir una información y formación de valor incalculable que plasmé por escrito en dicho libro. No voy a entrar a definir lo que es un chamán y en desarrollar lo que a mi juicio es el fenómeno del chamanismo, pero sí debo señalarte que ambos, como la propia naturaleza y por lo tanto el hombre, están en vías de extinción; por ello, y por la ancestral belleza que atesora el chamanismo, es por lo que decidí marchar a estudiar con este chamán a la selva y posteriormente escribir la obra mencionada.

En una ocasión te regalé una composición coincidiendo con tu cumpleaños y te dije que fue escrita en el primer tercio del siglo XIX, por el famoso poeta del romanticismo francés Víctor M. Hugo. Me di cuenta que te encantó. Al rato terminé confesándote la verdad, es decir, que yo mismo la había escrito para ti.

-No creo -dijiste- que seas capaz de escribir algo tan bonito.

Tenías un concepto tan bajo de ti misma que con frecuencia intentabas proyectarlo sobre mí y eso, a veces, me hacía mucho daño porque ni te valorabas ni me valorabas a mí. Con relativa frecuencia no alabamos o valoramos a nuestra pareja por envidia, porque lo que tiene o sabe suponemos que jamás lo lograremos por nuestros propios medios. Pienso que, a menudo, es una persona la que arrastra a la otra hacia abajo como si de un lastre se tratara, por eso en todo momento sentí fascinación al pensar qué sucedería si un hombre y una mujer tuvieran el común interés de ascender juntos; que quisieran aprender el uno del otro, caminar y crecer como personas y como pareja.

Éramos demasiado diferentes, más bien incompatibles, como para que hubiera "química" entre nosotros. Por poner algún ejemplo, te gustaba formar parte de las aglomeraciones de personas; recuerdo cómo disfrutabas asistiendo a las procesiones y otros eventos multitudinarios, como los de las Fiestas del Pilar o de la Semana Santa, mientras que para mí era un disfrute ir a la playa, especialmente fuera del verano, alejado del gentío vacacional, cuando se podía disfrutar de un sosegado paseo por la orilla del mar escuchando el suave sonido de las olas, olisqueando sus aromas. Un ejemplo concreto: me acuerdo de tu insistencia en que te acompañara a presenciar el merecido homenaje que le dispensó la muchedumbre zaragozana al equipo de fútbol local, el Real Zaragoza, cuando se quedó campeón de la Recopa de Europa al eliminar en la final al Ársenal en París el mes de mayo de 1995. La avenida de la Independencia era un hervidero de seres humanos empujándose los unos a los otros y gritando; una trampa de la que yo quería escapar a toda costa y en la que tú me retenías, participando entusiasmada de la ficticia y efímera alegría colectiva.

Esas diferencias nuestras a las que aludo terminaron siendo irreconciliables. Recuerdo otra anécdota, la que sucedió los días en que te anuncié que iba a hacer una cura de salud a partir de sirope de savia de arce. Te pusiste a gritar porque no pudiste soportar la tensión interna de verme ayunar, en tanto que te acompañaba tranquilo y gustoso mientras comías. Finalmente tuve que abandonar la cura para evitar un nuevo y agrio enfrentamiento contigo.

LA COMUNICACIÓN DURANTE NUESTRA CONVIVENCIA.
TUS MENTIRAS.

Desgraciadamente, como sabes, nuestro matrimonio sólo duró unos dos años. Falló, a mi modo de entender, la falta de comunicación y la ausencia de proyectos en común,
entre otras cosas importantes. Por otro lado, asunto vital en
una relación de pareja, desconocías la cultura del ahorro
porque parecías disfrutar gastando más dinero del que entraba en casa.

Con relación a la comunicación tengo que decirte que,
aunque ambos hablábamos el castellano, había términos y
frases hechas que tenían significados diferentes en Cuba y
en España aspecto que con el paso del tiempo fuimos li-
mando, lo que en principio favoreció nuestro entendimiento.
Pero no era eso lo que en realidad dificultaba la auténtica
comunicación entre nosotros. Hablábamos lenguajes emocionales diferentes. Sentíamos, incluso, de formas diferentes. No conversábamos de nuestras cosas, de nuestros anhelos o frustraciones; de nuestros miedos, de lo que queríamos o nos gustaba a cada uno.

Cuando intentaba conversar contigo acerca de algún tema relacionado con nuestras diferentes formas de comunicación, nuestros intereses o nuestra maltrecha economía, esto es, cuando te planteaba algún asunto que para mí era vital tratar, con frecuencia mostrabas una actitud de indiferencia o solías guardar un silencio que en esos momentos delicados, lo interpretaba no sólo como una forma de no querer afrontar los asuntos, sino como otro modo de castigarme, unido a tus frecuentes mentiras y derroche económico repetitivo. De la misma forma, cuando discutíamos, te costaba iniciar una nueva y necesaria vuelta a la reconciliación encerrándote en un mutismo que me resultaba hiriente, pero que conseguía controlar.

Al conocerte en la discoteca del hotel Comodoro de La Habana intuí que albergabas un viejo dolor -¿herida por dentro y dura por fuera?- y precisamente ese sufrimiento corrosivo lo utilizaste posteriormente para penarme como si yo fuera el causante del mismo. Lo que para mí era importante, súbitamente, perdía importancia para ti. Y un día, después de casados, salió a la luz lo que capté de ti al conocernos: me comentaste que tenías mucho odio retenido en tu corazón porque habías conocido a varios hombres antes que a mí y que alguno te había maltratado física y psicológicamente, y por eso ya no querías que ninguno más volviera a lastimarte; que en adelante serías tú la que controlaría las cosas. Te manifesté que desde mi punto de vista, lo primero, antes de pretender tener una relación de pareja madura, era limpiar o sanar tu neblinoso pasado; perdonar y deshacerte de toda la basura emocional que pudieras tener dentro, porque en caso contrario todo el tiempo estarían presentes tus antecedentes cuando estuvieras con un hombre, por muy buena persona que fuera, poniendo entre tú y él una férrea barrera protectora o limitando tu conducta a estar con él en posición de ataque para intentar vengar en su persona las ofensas que antaño otro u otros te hicieron.

Al poco tiempo de llegar a España, aquélla amorosidad que mostrabas conmigo en Cuba se fue diluyendo igual que le sucedió al natural color tostado de tu piel. La piel de aquella linda mulata llamada Marielis fue tornándose cada vez más blanca. Se fue *desempercudiendo*[6]. Con nuestra comunicación pasaba lo mismo: se *desempercudía* con el paso del tiempo, generando más distancia, más incomunicación; por ejemplo, te gustaba ver la televisión mientras comíamos y yo prefería y necesitaba, mientras tanto, el silencio o una amena e íntima conversación: contarnos cómo nos había ido en el trabajo, hablar de nosotros...

Había intentado conversar contigo muchas veces sobre los temas que pensaba urgía tratar y solucionar para mantener una salud óptima en nuestra relación, pero nada cambiaba, dado que los esquemas repetitivos tendían a hacerse crónicos, de modo que tendría que haberme rendido antes a la evidencia de que lo más probable es que nada cambiara en el futuro. No había para mí nada más angustioso que no poder hablar contigo.

---

[6] Perdiendo color.

Un ejemplo más. Gozabas con las telenovelas, mientras yo disfrutaba viendo los documentales relacionados con la naturaleza. A mi juicio, éramos dos seres de diferentes planetas culturales, incompatibles, que el azar había reunido bajo un mismo techo, el de mi casa. Según lo veo ahora, sólo podíamos comunicarnos a un nivel demasiado simple. Era pura supervivencia, la agonía de la comunicación, una comunicación que fue poco a poco perdiendo color, intensidad y alegría.

En general, te negabas a saber, a aprender, pienso que vivías una especie de neurosis. Ahora se sabe que la neurosis adopta con frecuencia la forma de una negación; para ser más preciso, un rechazo a conocer. Por eso, cuando, en el verano de 1995, te inscribiste en unos cursillos para aprender a escribir y a leer bien, aprender las cuatro reglas y, más adelante, cuando se abrió el plazo de matriculación del nuevo curso y decidiste seguir estudiando, me diste una de las mayores alegrías de nuestra convivencia. Por otro lado, te apuntaste en una academia de baile para aprender a bailar sevillanas; era simpático mentirte, cuando a tu pregunta te respondía que lo hacías muy bien, pero lo más íntimo del asunto es que me agradaba ver cómo te movías y, sobre todo, que tenías ilusión por aprender cosas que eran ajenas a tu cultura.

En oposición a lo anterior, intentaste por todos los medios a tu alcance desaprender o desvincularte de otras cosas también importantes. De forma patética, comenzaste a renegar de tu cultura y de tus raíces, pues querías volverte a toda costa más española que las españolas de este país: te molestaba hasta tu gracioso acento cubano. Y algo que me pareció mucho peor, es que dejaste de hablar de tu propia familia porque considerabas que eran unos brutos o retrasados, incluso te negaste a seguir hablando de tu país y costumbres; querías vestir, caminar, expresarte, incluso sentir, en fin, todo, como decías que lo hacían las mujeres españolas. Querías dejar de ser cubana a toda prisa para convertirte en española, porque ser española implicaba para ti un estatus superior al de cubana. Me parecía un asunto grave, porque disimulando o intentando enmascarar quien eras, lo único que conseguías era reforzar y acentuar lo que tratabas de desprenderte, y a la postre hacías el ridículo ante los demás.

Me alegraba irte a buscar a la salida de la iglesia a la que decidiste pertenecer, porque te hiciste adepta a una religión y ahí no quise participar; nunca me ilusionó formar parte de grupos que, de alguna forma, utilizaran el conocimiento solamente en beneficio propio -religiones, sectas y grupos esotéricos varios-. Siempre pensé que con los grandes problemas que se enfrentaba y se enfrenta la sociedad humana, parece ser cada vez más importante que encontremos métodos simples y no sectarios de trabajar sobre nosotros mismos y de compartir nuestro entendimiento con otros, quiero decir, inspirar y elevar tanto nuestra propia existencia como la de los demás sin ayuda de ninguna actitud religiosa.

Pertenecer a esa religión era tu decisión y yo la respeté, incluso me agradó. Te esperaba encantado en la puerta de la iglesia hasta que salías porque te sentía contenta mientras me contabas cosas, con ilusión, sobre el ritual que habíais hecho y disfrutaba escuchándote y viendo que por lo menos en algo te beneficiaba. Mas al poco tiempo, y a la primera oportunidad, ya estabas volviéndome a dejar claro de forma tácita que te habías casado conmigo por interés.

Desde niño fui una persona curiosa, en cuanto me gustaba saber y aprender más cosas, y por eso recordarás que algunas veces te acompañaba y asistía a vuestras ceremonias cuando me invitabas, las que no dejaban de parecerme puro folclore religioso, igual que me lo siguen pareciendo en la actualidad todas las religiones. Lo que me hizo sentir molesto fue cuando en varias ocasiones vuestro pastor intentó captarme haciendo proselitismo conmigo; pronto supe que lo que él quería en realidad era captar no solo el diezmo de tu salario sino también el mío, o sea, el diez por ciento de mis ingresos. Le dije que pertenecía a la Masonería y eso fue suficiente para disuadirle, y la forma más eficaz de que me dejara tranquilo, pues la orden masónica no representaba para él sino un grupo de endemoniados. Esa clase de prejuicios era una parte más de la pobreza espiritual de tu endiosado pastor.

En tu iglesia había una instructora que con frecuencia la veía portar orgullosa una Biblia bajo el brazo. Un día intentó convencerme de que su Biblia y su religión eran las únicas vías posibles para alcanzar la salvación eterna, la única verdad, la revelada directamente por el mismísimo Dios. Tuve que desviar la recién iniciada conversación con esta privilegiada poseedora de la verdad porque, en cuestión de unos pocos minutos, pretendió enfadarse y discutir conmigo, cuando le dije que no sólo su Biblia encerraba verdades sino que había otros muchos libros cuya lectura era susceptible de enriquecer interiormente a una persona. Otro día delante del pastor de tu iglesia, quiso dárselas de lista.

-¿Adónde va el hombre cuando muere? –me preguntó.

-No lo sé –le respondí.

Según pude comprobar, estaba acostumbrada a ser admirada por su supuesta alta espiritualidad; pero yo la trataba como a una persona más y eso a ella no le gustaba.

-¿Por qué no lo sabes? –inquirió con dureza, mirándome de arriba a abajo y estirando su cuello como si fuera una garza imperial.

-Porque aún no me he muerto –concluí.

Es probable que ese diálogo, llevado por mi parte tan enfáticamente, fue suficiente para que no volviera a intentar molestarme con sus prepotencias.

Personas como el pastor de tu iglesia y como la instructora, en la Tierra hay multitud de "maestros" iluminados a medias. Extremadamente inteligentes y demasiado sensibles para vivir en el mundo real, se rodean a sí mismos de placeres egoístas y otorgan sus grandiosas enseñanzas a los incautos, pero lo que realmente ofrecen al mundo es su propia confusión. Los maestros, los pastores, los instructores podemos serlo nosotros mismos, depende sólo de nosotros.

El auténtico maestro, sacerdote, santo o virgen, no es una escultura, pintura o persona exterior a cada uno. Todo eso, si así lo sentimos, lo llevamos dentro desde el día en que nacemos, lo único que tenemos que hacer es cultivarlo con perseverancia como se hace con una planta, y lo demás vendrá solo por añadidura.

Sé que lo que acabo de manifestarte es contrario al pensamiento de las religiones y, sobre todo, choca frontalmente con la hipocresía de muchos de los que viven de ellas: los "profesionales" que comen a costa de los demás. Con estas manifestaciones no deseo vulnerar tu sensibilidad, únicamente estoy plasmando mi libre forma de pensar y sentir acerca de la experiencia de más de cincuenta años.

El viernes por la tarde o el sábado por la mañana ibas a la iglesia; cuando salías te recogía y nos íbamos a la casa de campo con terreno que tenía en alquiler desde hacía varios años en un lugar privilegiado y tranquilo a unos quince kilómetros de Zaragoza, casa de la que tuvimos que desprendernos -como tuve que hacer con la plaza de garaje en la que guardaba el coche desde hacía muchos años, para dejarlo aparcado en la calle- debido a la gran cantidad de gastos que nos estaban ahogando.

Lo primero que hacíamos entre los dos era limpiar la casa, y como ya llevábamos la comida, la cocinábamos y comíamos juntos en el jardín, si hacía buen tiempo. Aprovechaba por la tarde para podar una parte de la abundante hiedra que rodeaba y adornaba con su intenso verdor la vivienda y casi todas las tapias que rodeaban la finca, o bien me ponía a cortar el césped, incluso regar las pequeñas plantas y árboles que había plantado años atrás.

Me hubiera gustado que hubieses participado conmigo en el cuidado de la huerta en la que cultivaba abundantes hortalizas, y que me hubieras acompañado cuando, desde la casa de campo, iba a Tarazona a ver a mi tía, aprovechando los fines de semana. Sabías que ella estaba sola en un asilo de ancianos y que tía y sobrino nos queríamos mucho, pero yo aceptaba, no sin cierta dosis de decepción y tristeza, que en lugar de acompañarme prefirieras seguir fumando mientras veías la televisión tumbada en el sofá del salón.

Una forma tan bella de comunicación entre dos personas que se aman, que es el sexo, tampoco funcionó demasiado bien. Durante algo más de un mes desde tu llegada a España, hacíamos el amor casi constantemente -al principio varias veces al día-, pero a partir de ahí decreció el número de veces en la medida que nuestra relación languidecía con el paso del tiempo sin que pusiéramos remedio.

Nuestra sexualidad, mientras duró ese periodo inicial de matrimonio, fue cuantitativa -a partir del segundo mes, ni siquiera eso-, aunque no cualitativa. Yo sentía la necesidad del afecto en unos momentos tan especiales; unos preliminares que casi no se daban entre nosotros: besos, caricias y abrazos amorosos. Este es un aspecto que sigo considerando importante en una relación, pues sin la dulzura, el acto sexual se convierte en un simple llenar el vacío de una necesidad puramente biológica, como al parecer hacen los animales. Ya sé que no es posible establecer unos parámetros fijos, pues con cada persona es diferente, incluso con la misma persona también es distinto cada vez. Puedo decirte que muchas de nuestras relaciones sexuales las recuerdo bastante mecánicas, como si hubiera prisas. Algo parecido a un incómodo trámite del que interesaba salir lo antes posible. Aunque ahora ya es demasiado tarde para ello, reconozco que tenía que haberte hecho saber estas necesidades.

Pero valoro positivamente aquellas ocasiones en las que hacer el amor contigo representaba la oportunidad de un gran disfrute, humor y cómplice unión para los dos; por ejemplo, la noche antes de casarnos, junto al malecón de La Habana. Estábamos dentro del coche haciendo el amor con las luces apagadas y protegidos de las miradas curiosas, por el lugar discreto y oscuro que elegimos para aparcar y por el vaho acumulado en los cristales, producido por nuestros cuerpos desnudos. Solamente parecía vigilarnos un enorme soldado cubano perfectamente equipado para ir a la guerra apuntando con su fusil a un indefenso soldado de los Estados Unidos, ambos dibujados a todo color sobre un gigantesco cartel casi tan grande como un edificio de tres plantas, situado frente a la oficina de intereses norteamericana, a su vez camuflada en el interior de la Embajada de Canadá, muy próxima al mar y al conocido malecón. En ese cartel, perfectamente orientado hacia dicha oficina y supuestamente diseñado por F. Castro, podía leerse: "Señores imperialistas, no les tenemos absolutamente ningún miedo". Tan discreto cartel, entre otros muchos medios, era un modo más de mostrar al mundo el odio que el perturbado mental de tu presidente tenía a su prepotente vecino, el gigante norteamericano también presidido en la actualidad por otro enajenado. Los Estados Unidos: una nación que ha sido construida sobre un inmenso cementerio indio y las fosas comunes de los esclavos.

En otra ocasión viajando de Varadero a Cienfuegos, ciudad del centro de Cuba, nos entraron unas ganas irrefrenables de acercarnos del todo el uno al otro, de modo que paramos el coche en el arcén de la carretera y nos internamos en un campo de maíz. Llenos de picardía y deseo, allí mismo dimos rienda suelta a lo que nuestros cuerpos demandaban.

Recuerdo igualmente con afecto las veces en que volvíamos tarde a casa, sobre todo los fines de semana, después de haber estado bailando hasta altas horas de la madrugada en algún pub o discoteca, cuando vivíamos en Zaragoza. Eran muchas las ocasiones en las que continuábamos nuestra particular fiesta en casa, que culminaba frecuentemente con el acto amoroso: nos amábamos con apasionada locura y a veces con infinita ternura, intuyendo, tal vez, aquello de que el amor en forma de caricias y afecto puede llegar a cambiar incluso la química del cuerpo y volvernos mejores personas. Entiendo que esa es la auténtica alquimia, la que nos transmuta o enriquece interiormente. Disfrutábamos de ese inocente y lindo juego que los verdaderos amantes conocen y nos reíamos como niños traviesos mientras nos llenábamos de placer el uno al otro, probando mil y una formas de querernos; cualquier método o postura de disfrute sexual que se nos antojaba experimentar.

En relación con la ternura aludida voy a hacer un inciso para aclarar que en los momentos en los que había acercamiento entre nosotros evitaba, para no oscurecerlos, tocar nuestros puntos conflictivos porque esos momentos -de ternura- eran valiosas oportunidades u oasis de paz y reposo, a aprovechar, para relajarnos juntos y recobrar las fuerzas y la energía disipada en las disputas y, si era posible, recuperar la esperanza de que el cambio a mejor aún podía darse en nuestra convivencia.

Sigo pensando que la relación sexual con la pareja de uno es algo precioso, si hay armonía. Es una bella forma de comunicarse inocentemente entre dos personas que se quieren. Estoy convencido de que el sexo tiene que ser alegre, lúdico, placentero, creativo, regenerador... Y surge de forma espontánea entre un hombre y una mujer que se atraen; es la necesidad natural de estar más cerca, más unido con la persona que a uno le gusta, de la que se está enamorado o a la que se ama.

Es bonita la entrega a la pareja y sólo a ella. De ahí la belleza de la fidelidad. El deseo expreso y tácito de querer compartir la sexualidad con una mujer determinada, con ella precisamente, porque ambos se han elegido y anhelan estar juntos y hacer el amor sin la menor interferencia. Por ello, no soy partidario en modo alguno de la promiscuidad, aunque ésta aparezca en más de una ocasión revestida de un brillante y atractivo ropaje de color rosa.

Aunque nosotros estábamos entonces lejos de lo que a continuación explico, me remito a lo que del sexo trata el Tao, o sea, el arte de practicar la retención del flujo seminal en el hombre, de suprimir o retardar en la medida de lo posible su eyaculación. Ello permite no sólo evitar el derroche energético, sobre todo en el hombre, sino nutrirse ambos mediante el intercambio de energías que se generan entre el hombre y la mujer. En la retención de la eyaculación interviene de forma decisiva la mujer. Ella tiene que saber o intuir con la práctica en qué momento está su compañero, o éste hacérselo saber a ella. Por lo tanto hay que evitar que la temperatura suba demasiado, y si lo hace, dejar enfriar unos momentos para permitir que la excitación se relaje un poco y poder proseguir la unión sexual a continuación. Significa que se puede incluso interrumpir el acto amoroso para proseguirlo con calma y satisfacción en otro momento. Lo que antes te he expresado, entiendo que sólo es posible con entrenamiento y con la misma persona.

Nuestra tradición religiosa institucional de Occidente, ha reprimido y desfigurado el instinto sexual, creando con ello numerosas patologías personales y sociales. Dicho de otra forma, como sociedad, hemos elegido ignorar lo que las grandes tradiciones espirituales entendieron sobre la energía sexual y su papel en la transformación personal y la evolución espiritual. No obstante, los antiguos maestros chinos, observaron que la función sexual está vinculada a la salud física y mental, y que también es la base para cultivar las facultades espirituales superiores.

Desde el punto de vista terapéutico y occidental, no se concibe un individuo sano si su sexualidad no es también sana y satisfactoria. Antes, durante y después del encuentro sexual, nuestro organismo libera una serie de sustancias bioquímicas que convierten el sexo en una auténtica fuente de alud. Según ha podido comprobarse se sabe que aumenta nuestras defensas al ser nuestro sistema inmunológico uno de los primeros beneficiados. El sexo mejora la circulación sanguínea y, por tanto, previene el riesgo de infarto, ya que el orgasmo va acompañado de una disminución de las plaquetas -células responsables de la coagulación sanguínea-, de modo que tiene una acción anticoagulante parecida a la de la aspirina.

Del sexo poco más hay que hablar. Es casi todo práctica sincera, natural y paciente. Tal y como lo concebía cuando estábamos juntos, y lo sigo concibiendo, el sexo es además una vía espiritual de crecimiento o enriquecimiento personal interior que comprende a la pareja como unidad en sí misma.

Es necesario que resalte que el corto matrimonio contigo, Marielis, empezó a mi juicio mal y terminó de la misma forma, aunque no dejara de haber momentos de calma, comprensión y respeto, que he procurado no olvidar a lo largo de esta narración. Ya desde el comienzo, nuestra corta relación previa al matrimonio, estuvo salpicada por tus mentiras. ¿Por qué?

Esas mentiras que más tarde descubrí al principio no las detecté, sino que lo que me decías con relación a ti lo tomaba como una parte de tu verdadera vida, pues confié en ti desde el inicio. Entre otras falacias, me dijiste que eras enfermera y que habías trabajado en un hospital de La Habana como comadrona pero que ese trabajo, para defender tu dignidad, te viste forzada a dejarlo por sufrir constantes acosos sexuales por parte de uno de tus jefes. Jamás me dijiste cuál era el hospital en el que habías trabajado y días después descubrí la falsedad de semejante montaje tuyo cuando le pregunté sobre ello a una de tus hermanas, y me desveló la verdad no sin antes reírse de mí por haberte creído. Entonces, ¿en qué trabajabas? ¿De qué vivías?

Cuando descubrí tus primeras mentiras tenía que haber cancelado, de inmediato, el compromiso que adquirí de casarme contigo, pero te las iba perdonando una a una pensando que ya no habría nuevos engaños por tu parte. Ese fue otro de los errores que cometí.

Otra reflexión que me hice después de nuestra separación fue, ¿cómo, con la cantidad de mujeres hermosas y buenas personas que conocía en España y que conocí en Cuba -que si hubiera sabido elegir, podría haber sido feliz casándome con una de ellas-, fui a casarme contigo?

Una historieta, merecedora también del mejor culebrón televisivo, empezó cuando me dijiste que tenías sólo una hija llamada Ania que vivía con su padre cerca de la casa de tu hermana Liliana en Alquízar -pequeña comunidad campesina a unos cuarenta kilómetros de La Habana, en la que nació el político y escritor cubano Rubén Martínez Villena-, pues no podías cuidarla por tener que trabajar duramente comprando y vendiendo productos del campo, los últimos meses antes de conocernos.

Liliana vivía sola con sus dos hijos, en tanto que se ocupaba de la descuidada Ania; todavía la recuerdo vestida con su uniforme escolar, tan blanco como su cándida sonrisa. Mas tarde, a punto de casarnos, me confesaste con gran apuro que no solo tenías una hija, sino tres hijos -Raulito, el único varón, Sandra y Ania- uno de cada padre y que a Raulito, tu primer hijo, lo tuviste cuando tenías quince años fruto de una violación en un internado en el que, debido a tu mala conducta, tus padres se vieron obligados a recluirte en isla de la Juventud. Descubrí por mí mismo que tu madre junto a tus otros dos hijos Raulito y Sandra, de los que se hacía cargo, vivían con ella en Guantánamo, pequeña y entrañable ciudad ubicada en el extremo oriental de Cuba y próxima a la bahía que lleva el mismo nombre.

Ania siempre me pareció una niña encantadora, alegre y muy afectiva. Antes de traérnosla de Cuba a España preparé para ella con mi mayor ilusión una habitación en casa, se la pinté de rosa y le dejamos todo un armario para su ropa; además, puse varias baldas en las paredes para que dispusiera en ellas sus muñecas y demás juguetes. Coincidiendo con su llegada, se te antojó que nuestra habitación la pintara de azul y lo hice porque en todo momento pensé que tu opinión era tan importante como la mía. En cuanto marchaste de casa, después de nuestra separación, volví a pintar de blanco ambas habitaciones por los motivos que más adelante te comentaré.

Todos los recuerdos que tengo de Ania son entrañables, tiernos y paternales, ya que me sentía complacido ejerciendo de padre con ella, una encantadora niña de cinco años. Cuando vino a España nos encontramos con la dificultad de que el curso escolar había comenzado y en el colegio no la admitían, de modo que tuve que hacer varias visitas a la delegación del Ministerio de Educación y al que sería su colegio, para hablar con la desagradable monja que hacía de directora del centro. Me costó dios y ayuda para que la escolarizaran, y gracias a las recomendaciones que me busqué la terminaron admitiendo en el colegio que a nosotros nos interesaba, en contra del deseo vehemente de la monjita en cuestión. Además, tuve que prepararle un apoyo didáctico y psicológico porque, debido a su mentalidad, albergaba un poco de retraso cognitivo con relación a su edad y a los compañeros de su clase.

Nunca entendí por qué todas sus tías y tú la primera, regalabais a Ania tanta muñeca, al punto que su habitación parecía una exposición de muñecas de todos tamaños. Ella me daba mucha pena porque a veces parecías ignorarla como madre, pues la observabas impasible mientras se pasaba largo tiempo peinando casi sin parar a una muñeca tan grande como ella que mascullaba repetidas tonterías: "Te quiero mucho, péiname bien" y así constantemente, hasta que se le agotaban las pilas o mi paciencia, en tanto que Ania parecía estar ausente metida en un mundo onírico, casi letárgico.

A mí me gustaba acercarme a ella, la invitaba y ayudaba a hacer sus deberes por la noche para que marchara pronto a descansar. Te pedía, por favor, que al día siguiente la levantaras temprano para que peinaras su lago y rubio cabello; para que la tuvieras aseada y preparada para que yo pudiera llevarla al colegio, pero la que te levantabas tarde por la mañana eras tú misma, con lo que la pobre niña era sometida a tus prisas mientras llegabas tarde al trabajo y yo iba de cabeza también.

Aún recuerdo vívidamente que compartías vivienda en La Habana con una respetable señora, según me dijiste tía tuya -¿otra mentira más?-, en un casi lujoso distrito habanero junto al mar llamado Playa. La supuesta tía, que tenía una hija de edad parecida a la tuya, unos veintitrés años, comprobé con consternación de acuerdo con sus propios comentarios que se había propuesto, como misión en la vida, "colocar" a su hija y a su sobrina adoptiva -a ti-, con sendos hombres desde luego bien situados económicamente para que la buena señora pudiera sacar sus ventajas económicas.

Otra cosa que me ocultaste es que tenías sarna. Por cierto, al estar juntos me infectaste y al llegar a España tuve que ponerme en tratamiento médico a todo correr para liberarme de tan contagiosa y molesta enfermedad cutánea.

Con relación a tus numerosas mentiras, pienso ahora en la llamada ley del Karma o de causa y efecto. Marielis, ¿sabes lo que es? El Karma es a la vez la acción y la consecuencia de esa acción; es causa y efecto al mismo tiempo, porque toda acción genera una fuerza de energía que vuelve a nosotros de igual manera. Por lo tanto, no es desconocida la ley del Karma pues todo el mundo ha oído esa expresión que dice: "Cosechamos lo que sembramos". No añadiré nada más sobre el particular.

CONOCIENDO COMPATRIOTAS EN ZARAGOZA.

MIS AMIGOS Y MIS PADRES.

Desde que llegaste a España contactamos con unos cuantos cubanos afincados en Zaragoza y conocimos a otros matrimonios mixtos, lo que facilitaba tu integración y el hecho de tener amigos cubanos en Zaragoza. Frecuentábamos el bar del parque Pignatelli regentado por un matrimonio cubano, el bar Pequeña Habana y la cafetería Isla de Cuba, lugares en los que con música y ambiente caribeño, era posible conocer a compatriotas tuyos con los que relacionarnos. Casi todos, por no decir todos los matrimonios mixtos, terminaron siendo un fraude, un tormento para mis compatriotas españoles. Sólo mencionaré unos pocos ejemplos.

Recordarás aquella pareja compuesta por una cubana de raza negra natural de Matanzas, que se separó de su esposo español al poco de llegar ella a Zaragoza. Otra chica cubana, Yurasmy, se casó en Santiago de Cuba con otro español, y se separaron más o menos a los ocho meses de casarse, después que él tuviera que vender su piso para poder pagar los gastos generados por ella y montarle una tienda de ropa aquí en Zaragoza; un día, en casa, nos confesó Yurasmy que antes de casarse había trabajado de *jinetera*[7] en Santiago de Cuba, pero que gracias al apoyo y comprensión de su esposo había abandonado tan duro y penoso oficio y tenía una vida llena de oportunidades para ella y sus dos hijos, tenidos con sendos cubanos. Ludmila fue una habanera de piel blanca y de rubio cabello casada con un empresario textil de Zaragoza que conocimos en la Asociación Latinoamericana; ellos se separaron después de tener un hijo y Ludmila se quedó con el niño y solventó la vida de ella para toda la vida, incluyendo la de su nutrida familia que había dejado en Cuba, porque consiguió el valor de la mitad de la empresa que tuvo que vender su marido antes de separarse.

El caso más dramático de cuantos conocí y conozco fue el de un compañero mío de trabajo, casado con Elizabeth, una despampanante bailarina oriunda de Pinar del Río. Ellos duraron, como matrimonio, un año más que nosotros, aunque supongo que no sabes que ella le abandonó por un cachas que le pagaba todos sus gastos, mientras parecía disfrutar mortificando a mi compañero, diciéndole en repetidas ocasiones que le gustaría ver hacer el amor con otra y que estaría satisfecha haciendo ella lo propio conmigo, mientras él se dedicara a mirar cómo lo hacíamos. Este hombre, aunque recuperado, hasta hace un par de años ha estado en

---

[7] Mujer que vive del dinero que obtiene de los turistas, a cambio de su cuerpo.

tratamiento psiquiátrico, ya que al separarse cayó en una profunda depresión e intentó quitarse la vida cortándose las venas a la altura de la muñeca. Según me confesó, sorprendió a su mujer en la cama de ellos con un vecino, en estado de embriaguez y en pleno desahogo sexual, después de tener que aguantar a la bailarina unas cuantas faenas de este calibre a lo largo de su escabroso matrimonio.

Fui demasiado crédulo e inocente al pensar que nuestro matrimonio sería una excepción, el único que saldría adelante, porque todas las parejas mixtas que conocimos terminaron separándose y la mayor parte de forma extremadamente triste. Y lo que sucede ahora no es distinto.

De igual modo que hay hombres que castigan a sus parejas hasta el punto de llegar incluso a terminar con su vida, deseo poner de manifiesto que hay mujeres, quizá más de las que parece, capaces de torturar a un hombre, sobre todo psicológicamente, hasta llegar a hundirlo. Lamentablemente, esta clase de hechos no son tan conocidos por la opinión pública. Un hombre, y lo digo por experiencia propia, puede llegar a sufrir lo indecible; lo mismo o más que una mujer por causa de su pareja.

Era una buena oportunidad para ti cuando algún conocido o amigo marchaba a Cuba. Por su mediación se le enviaban a tu familia regalos, junto a unos cuantos dólares. En una ocasión te dije que Enrique, el hermano pequeño de un buen amigo mío, iba de vacaciones a Cuba; esa fue una ocasión más que aprovechaste para preparar una gran bolsa mía de deporte llena de embutidos, jamón y otros alimentos con el fin de que se la entregara a tu familia junto con dinero y medicinas. Me sentí avergonzado, sobre todo cuando la madre de Enrique llamó por teléfono a casa para que te hicieras cargo de la bolsa -que por cierto tuve que ir a recoger a su domicilio y disculparme por tu insensato atrevimiento-, porque no estaba dispuesta a que su hijo cargara con semejante peso, incluyendo el trabajo y la responsabilidad de pasar los rígidos controles policiales del aeropuerto de La Habana, donde sin duda hubieran interceptado la bolsa porque, como sabías, no se podían introducir alimentos en Cuba.

Finalmente tuve que poner unas cuantas cuerdas en el cuarto trastero de la terraza de casa para colgar los embutidos con el fin de que no se estropearan. Recuerdo que eran de la mejor calidad y nos cundieron largo tiempo hasta que los consumimos. Lo que para tu numerosa familia no hubiera dejado de ser sino un pequeño aperitivo que no los hubiera sacado de ningún apuro, para nuestra maltrecha economía significó un gasto más, considerable e innecesario.

A primeros del año 1996 fuimos a conocer a un cubano del que me hablaron, con el que por su simpatía terminamos teniendo una buena relación. Era un funcionario del Ayuntamiento de La Habana que ocupaba a precario una oficina cedida por la Diputación General de Aragón para que desde ella pudiera realizar cuantas gestiones precisara, tendentes a conseguir medicinas, maquinaria diversa, recoger chatarra para reciclaje y otros enseres, entregados como donación por particulares y entidades privadas o públicas con destino a Cuba a través del puerto de Barcelona o de Bilbao. Nosotros estuvimos colaborando con él sirviéndole de intermediarios en algunas de sus gestiones, y poniéndole en contacto con instituciones o personas que yo conocía en aquella época. Estos recuerdos me han resultado agradables de evocar porque significó no sólo la oportunidad de ayudar indirectamente a tus compatriotas, sino de colaborar juntos en un mismo propósito.

Con el paso del tiempo fui presentándote a mis pocos aunque buenos amigos que te ofrecieron su amistad y ayuda incondicional en lo que pudieras precisar. Me atrevo a afirmar que no supiste estar a la altura de las circunstancias. Por poner un ejemplo bien simple, y en cuanto a la idea que tenías de la puntualidad, con frecuencia llegábamos tarde cuando quedábamos con alguien. Cuando tomé conciencia de que tenías la desfavorable costumbre de la impuntualidad, para no enfadarme contigo y llegar a la hora acordada, optaba por marchar a la cita en primer lugar, y antes de salir de casa te decía dónde habíamos quedado para que se lo indicaras al taxista.

A propósito de tu concepto de la puntualidad, recuerdo que un día quedamos con un amigo y su esposa en casa para cenar juntos los cuatro. Estábamos los tres esperándote, cuando apareciste más de una hora tarde, riéndote, como si no hubiera pasado nada. O sea, ni sabías ni querías ser una aceptable anfitriona. Pedro, un hombre puntual por su naturaleza y por su cargo político, me comentó sin acritud el patinazo que habías tenido con él y su mujer y, cariacontecido, tuve que admitir que me había casado con una mujer informal e irrespetuosa.

Incluso tenías el feo y peligroso hábito de llegar tarde a tu trabajo, pues corrías el riesgo de perderlo. Más grave aún: se te notaba un cierto entusiasmo -algo que ni si quiera ahora puedo explicarme- recibiendo de los abuelos para los que trabajabas, haciéndoles labores de limpieza, regalos que te hacían y que no podías ni debías aceptar o sustrayendo objetos diversos de sus casas. Cuando me lo comentabas, no sin una cierta complacencia, no podía disimular una infinita repulsa por esa abominable conducta con la que, además de tu impuntualidad laboral, aumentabas las posibilidades de perder tu trabajo poniendo en entredicho mi reputación. Parecía, en tu enorme ansiedad por poseer, como si adquirieras cierto poder en apropiarte de lo que era de otros; dicho de otra manera, tenías una enorme dificultad para distinguir lo tuyo de lo ajeno.

Como hacías con el dinero, al tiempo tampoco le concedías un gran valor y muchos de tus compatriotas tenían la misma desafortunada habilidad. Recuerdo un día, allá en La Habana, en que me pediste el favor de que llevara a una amiga tuya a recoger, a otra casa, el traje de novia con el que días antes se había casado. Tenía que utilizar el coche que yo había alquilado y mi tiempo. Al preguntarle, advertí que tu amiga intentaba mentirme diciéndome que la casa estaba cerca y que tardaríamos poco tiempo en hacer la gestión. Al llegar me di cuenta de que, desde la dueña de la casa a tu amiga, se habían confabulado para entretenerse viendo una larga serie de fotos de la boda. Viendo la farsa de la que me querían hacer partícipe, les dije que terminaran rápido porque en cinco minutos me iba a marchar. En cuanto abrí el coche y lo puse en marcha todas se pusieron a correr. Esa me parecía una deslucida costumbre más: teníais que provocar una firme reacción en el otro para ver que la cosa iba en serio, entonces sabíais colaborar.

Mis amigos de toda la vida te ficharon enseguida. Supieron ver en ti una mujer calculadora que, a pesar de tus risas y bromas para ganártelos y caerles bien, no representabas sino una burda parodia para ocultar tus verdaderas y perversas intenciones. Recuerda que hay una gran diferencia entre cómo cree uno que es, cómo le gustaría ser y quién es en realidad; y que a donde quiera que vayamos o con quien quiera que estemos, transmitimos lo que somos.

José Antonio fue uno de mis buenos amigos que tampoco se equivocó contigo y, recientemente, me dijo que cuando te conoció le pareciste una persona fría de la que nunca se hubiera fiado. Él, cuando estábamos casados, no quiso decirme nada al respecto para no herirme, pues yo te quería. Aunque demasiado tarde, he llegado a comprender el grado de veracidad del reciente comentario de José Antonio, el mismo o parecido al de otros buenos amigos.

Tras la persona sonriente y dulce que me pareciste cuando te conocí, caracteres que influyeron favorablemente a la hora de casarnos, había un ser humano distante que poco a poco iba calculando sus posibilidades con la esperanza de manipularme y sacar de ello el máximo provecho cuanto antes. Ya en aquél entonces, con veintidós años de edad, "servías" a la oscuridad. ¿Qué, qué digo? ¿Crees que estoy loco? No obstante tu opinión, seguiré con lo que quiero decir y hacerte saber.

Hoy más que nunca uno tiene que tener claro y saber hacia qué lado, de los dos posibles, decantarse. Si por el de la luz, la claridad, el afecto, el respeto a los demás, a uno mismo y a la naturaleza o bien -con la libertad interior de la que todos disponemos- lanzarnos, con todas las consecuencias, a la oscuridad, la manipulación, el apoyo a los torturadores que todavía campan a sus anchas y a los usurpadores de los derechos humanos, de la ternura y de la creatividad. Tenemos, insisto, que tenerlo claro porque la Tierra -debe ser hermoso contemplarla desde el espacio- que nos brinda tantas cosas necesarias para que sigamos viviendo, no dispone precisamente de una salud optima, lo que hace que estemos en vías de aniquilar cualquier especie de vida por nimia o protegida que pueda estar.

No podemos darnos el lujo ni debemos quedarnos pasivos esperando a ver qué es lo que ocurre. Con la ambigüedad y la peligrosa inercia consumista, es que sacan su partido los señores todopoderosos o nuevos dioses, los dioses de la manipulación -véase, por ejemplo, la trayectoria de los Estados Unidos, sus países satélites y socios lacayos como España-.

La identidad de esos señores no es pública pues no aparecen en los medios de comunicación, ni están en la lista de hombres más ricos y tampoco se dispone de una foto de su rostro. Su único lema es el de conseguir siempre más y más poder al precio que sea. Son los que desde la sombra, están en condiciones de manipularlo todo incluyendo a los líderes políticos del Planeta que no dejan de ser sino unos pobres monigotes que bailan con la música que ordenan sus patronos.

Estos comentarios que acabo de hacerte, pero a un nivel infinitamente menor, tuve que haberlo tenido presente contigo pero mi grado de evolución y comprensión, incluyendo mi autoestima, estaban entonces demasiado bajos como para darme cuenta de la macabra y estudiada trama que lentamente ibas tejiendo entorno mío. No sabía con qué clase de persona me la estaba jugando. Ahora entiendo por qué cuando nos encontramos el pasado uno de marzo del año en curso, todavía no te atrevías a mirarme a los ojos con esa mirada que tienen las personas decentes.

Pero vuelvo al hilo de la narración. Algunos conocidos, antes de casarme contigo, me dijeron o advirtieron que la mayor parte de los matrimonios mixtos estaban abocados al fracaso. Yo no me lo creía, incluso me sentía incómodo con esa clase de certeros comentarios y, si esas sentencias eran ciertas, pensaba que nuestro futuro matrimonio iba a ser una excepción a pesar de los numerosos casos que confirmaban la regla. Después de nuestra separación y posterior divorcio, otros amigos aseguraron haber captado el poco prometedor futuro que tenía contigo. No me lo dijeron antes porque seguramente no les hubiera creído, o por miedo a que nuestra amistad sufriera algún tipo de quebranto, al intuir ellos el drama que se me venía encima contigo.

¿Cuál fue el maldito pegamento que me hizo estar unido a ti por espacio de casi dos largos años? Sobre este aspecto, mi madre desde el principio pensó que, para atraparme, me habías hecho algún "trabajo" de brujería allá en Cuba. De hecho, ese trabajo se lo hiciste al padre de tu hija Ania. Él, al principio, recordarás que estaba completamente cerrado a que la trajeras a vivir con nosotros a Zaragoza, pero poco después de que visitaste a una bruja en Alquízar, él dio un cambio radical y su obstinación inicial terminó cediendo misteriosamente; incluso un día, contento, habló conmigo para decirme que confiaba en mí porque sabía que me iba a portar con su hija como si fuera él mismo y que le gustaba la idea de que marchara a España, puesto que daba por hecho que iba a tener un mejor futuro que en Cuba.

Mi madre, a través de una cubana que hace años le limpiaba periódicamente el piso y que casualmente te conocía, fue informada de que intentaste hacer aquí un trabajo de hechicería para volverme a atrapar después de habernos divorciado y que, aunque en Cuba te dio resultado, en Zaragoza la bruja a la que acudiste a que hiciera tan miserable maleficio no pudo llevarlo a cabo porque yo aquí estaba con una gran protección, la misma de que carecía en Cuba.

Podrás recordar que mi madre, mientras estuvimos casados, te trató como si fueras una hija más y la misma actitud tuvo mi padre. Mis padres, lejos de pedirte cualquier clase de ayuda, como hacía sin cesar tu familia, te la brindaban; es decir, cada vez que íbamos a su casa a comer con ellos salías con obsequios para ti. El primer invierno que pasaste en Zaragoza, recuerdo el bonito abrigo de piel que te regaló mi madre. Cuando te cansaste y ya no quisiste ir más a su casa me iba solo a comer con mis queridos y ancianos padres un día a la semana, por verlos.

Mi madre vino un día a verme al trabajo y como hacía tiempo que no ibas a su casa, me preguntó por ti; le respondí que nos estábamos separando y se puso a reír, diciéndome que no le extrañaba esa noticia porque era algo evidente, incluso esperado. Ella, desde el principio, aunque nunca me dijo nada y supo comportarse contigo con total corrección y generosidad, te vio el plumero; te caló y se percató de la frialdad con la que actuabas y en todo momento tuvo claro los motivos por los que te habías casado conmigo.

EL HÁBITO DEL DERROCHE.

Todavía, cuando rememoro mi pasado, me pregunto qué cosa fue lo que me llevó a decidir casarme contigo pues, con el paso de los años, he llegado a la conclusión de que éramos personas concebidas para estar solas, o unidas a otras personas que no fuéramos nosotros precisamente.

Cuando volví a La Habana para casarnos, casi toda la ropa que te llevé de España hubo que arreglarla, porque no te iba bien -y eso que a la hora de comprarla tenía tus medidas- con lo que, con nuevas prisas, tuvimos que buscar una costurera que acometió el trabajo, corriendo a toda prisa porque el día de la boda era el seis de enero de 1995 y estábamos a punto de concluir el año 1994. Incluso la tela destinada a tu traje de novia no la utilizamos aun siendo el mejor tejido que encontramos mi madre y yo en unos conocidos grandes almacenes de Zaragoza porque preferiste alquilarte uno ya confeccionado, que lo tuvieron que arreglar para adaptarlo a tus medidas; la anterior que lo alquiló, una italiana que se había casado con un cubano, era de mayor complexión que tú.

Por mi parte, fui a La Habana, desde España, con un traje y corbata que ya tenía, con el fin de evitar gastos. Lo único que me compré fue un par de calcetines de verano, porque los que llevaba eran de invierno y con ellos iba demasiado abrigado. A varios familiares tuyos me vi obligado a comprarles ropa para la boda, que les serviría para llevarla después cada día. Yo era el español, o sea, el que se suponía tenía dinero más que suficiente para todo lo que hiciera falta comprar o pagar. Jocosamente, me dijiste que tu hermano Freddy había venido desde Guantánamo a La Habana -¡mil kilómetros de distancia!- para asistir a nuestra boda pero con su peor ropa, con la idea de que yo le comprara otra nueva.

En La Habana hice corto con el dinero que llevé de España, incluso agoté el saldo autorizado por el banco para mi tarjeta Visa y me vi obligado a pedir dinero urgentemente a un amigo de aquí. Cuando hablaba de disminuir el número de tu larga lista de invitados a nuestra boda, para poder economizar aunque fuera un poco, tú y tu familia me mirabais como si fuera un bicho raro con aquella mueca maliciosa que pone el que no quiere entender ni saber, porque no le interesa. Por mi parte, yo fui la única persona a quien invité a mi propia boda; créeme, no lo pude hacer más sencillo. Mis padres, al ser ya mayores, no volaron conmigo a La Habana para asistir a mi boda; de esa forma, afortunadamente para ellos, no presenciaron el desdichado espectáculo perpetrado por ti y tu familia.

Pedí vacaciones anticipadas en marzo del año 1995, coincidiendo con la fecha de tu llegada a Zaragoza, para estar más tiempo contigo y enseñarte algunas cosas de nuestras costumbres.

Poco después quisiste trabajar y te encontré trabajo en una empresa próxima a casa, cuya subdirectora era amiga mía.

Tu sueldo, añadido al mío, constituía un ingreso importante, teniendo en cuenta que cuando llegaste a España a vivir conmigo yo disfrutaba de un magnífico salario y no tenía ninguna clase de deuda económica contraída -mi casa y el coche los tenía pagados desde que los compré-, sin embargo, hacíamos corto cada mes.

Al poco tiempo de tu llegada, el director de una agencia bancaria conocido mío, en donde teníamos domiciliadas nuestras nóminas, me preguntó en dos ocasiones sobre cómo pensabas satisfacer los numerosos pagos que iban a tu nombre, correspondientes a compras que habías realizado, y que yo ignoraba, con tu tarjeta de crédito, porque teniendo en cuenta el importe de tu reducida nómina no podías hacerles frente. Como eras mi esposa saqué la cara por ti.

-No te preocupes, porque lo pagaremos –le dije.

En realidad lo tenía que pagar de mis ahorros. Afortunadamente, este señor poco después terminó por quitarte la tarjeta de crédito, para satisfacción mía, porque llegué a pensar que tendría que dejar de pagar una cuota mensual fija que venía satisfaciendo puntualmente los últimos diez años, correspondiente a un plan de pensiones privado mío.

Ya fue doloroso, no obstante, tenerme que desprender de dos alquileres: una plaza de garaje donde guardaba el coche y una casa de campo en la que pasaba los fines de semana, como sabes que tenía, para hacer frente a tus gastos.

El tiempo que vivimos juntos, una vez ingresadas nuestras nóminas en el banco a primeros de cada mes, teníamos un saldo a nuestro favor de aproximadamente una décima parte del total, porque lo demás lo habías gastado anticipadamente antes de finalizar el mes anterior en cosas o en dinero en metálico que enviabas a tu familia.

Cada vez que abordaba ciertos temas contigo te ponías a la defensiva, sobre todo en lo concerniente a las dificultades que teníamos con el dinero, esto es, cuando hablábamos, las pocas veces que lo hacíamos, frecuentemente tenía lugar la misma comedia después de darme la razón. Y los esquemas del derroche económico se volvían a repetir. Conforme pasaba el tiempo cada vez sentías menos remordimientos, mientras perdías los papeles por cualquier pequeñez. De forma incomprensible y absurda, seguías mintiendo y negando reiteradamente que no eras la causante de nuestro caos económico.

Ya en La Habana, unos pocos días antes de casarnos, tu madre me dejó helado.

-Marielis ignora todo sobre el dinero. No sabe administrarlo ni controlarlo —me dijo delante de ti.

Me di cuenta del grave problema potencial que ello representaba y se lo hice saber para que de paso tú también lo oyeras, aunque no sirvió de nada. Poco más tarde empezaría a percibirme de ello: la ostentosa boda y el posterior banquete con los invitados -de ese asunto he hablado en páginas anteriores-, las fotos y los regalos; tu traje de novia -que por cierto estabas con él todavía más bonita-, ropa para tu familia, viajes e invitaciones; en fin, casi todo, fue un doloroso derroche económico en el que me vi envuelto imposible de poder controlar.

Con frecuencia me parecía que comprabas compulsivamente cosas que o bien no necesitábamos o las adquirías para suministrarlas y ayudar, de esa forma, a tu larga lista de familiares que tenías en Cuba. A veces los gastos que hacías los intentabas justificar diciéndome que para eso ganabas dinero y querías comprar cosas porque podías hacerlo; que en Cuba no te lo habrías podido permitir y, por lo tanto, no estabas acostumbrada a gastar y en España lo querías hacer. Yo te respondía que, por poder, podíamos gastar y comprar lo que quisiéramos, pero que luego a los pagos que realizabas con la tarjeta de crédito que tanto te gustaba usar había que hacerles frente.

Un día, impotente, perdí la paciencia.

-¿A qué has venido a España? –te pregunté malhumorado.

-He venido aquí a salvar a mi familia de la pobreza. –te escuché decir.

Lo que entendí fue que me querías para cubrir tus necesidades y las de toda tu familia.

-Tal y como me explicas no sólo no puedes "salvar" a los tuyos, pues son más de veinte personas con muchas necesidades que cubrir todos los días, como cualquier persona o familia de la Tierra, sino que tu loco plan va a ser, además, la ruina de nuestro matrimonio –concluí, harto.

Te recordé que ellos allá en Cuba, como nosotros dos aquí en España teníamos la obligación de trabajar para poder comer y vivir. Aunque te planteé varias veces enviarles algo de dinero cada tres meses, para que las tasas del banco fueran menores, al momento esta idea te pareció bien pero a los pocos días ya lo habías olvidado y seguías enviándoles dinero a tu antojo.

No obstante y en descargo tuyo tengo que admitir que, a veces, mi conducta no era la más apropiada y ejemplar para conseguir la tan ansiada administración de nuestra economía que yo pretendía; por poner un ejemplo, en mi ánimo de que fueras siempre bien vestida y a tu gusto, era yo mismo quien te compraba ropa o te proponía ir juntos a comprártela. Eras muy joven, diecinueve años menos que yo, así que disfrutaba viéndote con prendas juveniles y modernas que realzaban tu agraciada figura. Al poco tiempo de venir a España ya habías llenado con tu ropa y cajas de zapatos el armario grande de casa.

Algunas veces me llamabas "avaro" porque me gustaba llevar un orden con nuestra economía o lo que es lo mismo, nuestros gastos con relación a nuestros ingresos. Me hubiera gustado que entre los dos hubiéramos decidido qué gastar y qué economizar, y ahorrar algo de dinero todos los meses; de esa forma con un poco de control nos hubiera dado para hacer muchas cosas.

Durante los dos meses que todavía permaneciste en Cuba después de casarnos y antes de venir a España a reunirte conmigo, cada vez que hablábamos por teléfono me pedías que te enviara dinero. Casi siempre tenías buenas excusas para ello; me decías que se trataba de gastos que te veías precisada a cubrir, por ejemplo, sobornar a algún funcionario para que te agilizara los papeles y poder venir antes a España. Para intentar justificarte aún más ante tan enormes gastos que me proporcionabas, añadías que algunas de tus amigas casadas con españoles, italianos o suizos, sus maridos les enviaban abundante dinero desde sus países y tú no podías ser menos que ellas.

Uno de los envíos de dinero que te hice desde España, fue a través de un amigo que casualmente viajaba a La Habana. Le entregué mil dólares para que te los diera, unidos a tu dirección para que previamente te pudiera localizar. Cuando volvió a España me devolvió ochocientos dólares. Como confiaba en él, vi con buenos ojos la decisión que tomó de darte sólo doscientos, que ya era una cantidad importante, teniendo en cuenta que esa cifra era el salario medio/alto de un cubano trabajando casi dos años. Aunque sus explicaciones no me parecieron del todo claras, pude captar que algo sospechoso vio en ti y en tu entorno que le hizo ver que me estabas engañando. Por eso no hablé con él con detenimiento sobre el particular, no era necesario.

Después me enteré que el dinero que te enviaba desde España, justo después de casarnos, iba destinado a tu familia. Supe de ello por tu madre, mientras estábamos todos en Guantánamo con motivo de nuestras vacaciones de 1996. Ella tuvo la deferencia de darme las gracias porque con una parte del dinero que te había enviado, se había podido comprar una moderna cocina de gas y hacer un arreglo integral de su casa, entre otras cosas.

Decías a tus amigos y vecinos de La Habana lo mismo que pretendías hacerme creer, que nuestra historia tenía numerosas connotaciones con la desbordada fantasía de la película *Pretty Woman*, que habías visto en la tele hacía poco. Aunque se trataba de un mundo virtual y de empalagoso e irreal color rosa, querías emular a la protagonista del film Julia Roberts, pero a tu manera; ella encarna el papel de una joven y atractiva prostituta a la que se la alquila durante una semana para que sea la acompañante del actor Richard Gere, que a su vez interpreta el rol de un acaudalado, frío y apuesto hombre de negocios. Pero ni tú eras prostituta de Hollywood Boulevard, ni estabas acompañando a un millonario para que te exhibiera en las cenas con sus clientes.

Siempre intenté llamar a las cosas por su nombre. Por eso desde el principio quería, sin que llegara a conseguirlo, que tuvieras claro que yo no era un hombre rico -ni tonto- como dabais a entender casi todos los de tu familia, sino una persona que vivía de su salario y pretendía tener contigo una relación decente, sencilla, armoniosa, basada en el respeto y el cariño.

Un día, recién llegada a Zaragoza, casi rozaste el paroxismo cuando retiré dinero de un cajero automático, al ver que la maquina en cuestión arrojaba billetes por una de sus ranuras; pensaste que dentro había un empleado a mi servicio que me daba todo el dinero que yo quería y cuando lo necesitaba. Te deseo Marielis que a estas alturas hayas aterrizado de tan fantástico y peligroso vuelo y ya seas capaz de conectar con la realidad.

Creía percibir en ti algo de envidia hacia mi persona porque ganaba un sueldo bastante superior al tuyo. ¿No crees que era algo natural? Te aclaré en más de una ocasión que yo llevaba entonces más de veinte años trabajando en la misma empresa, y tenía una certificación académica que me capacitaba para ocupar ese puesto de trabajo. Confío en que ahora serás capaz de comprender tu situación de antaño: que eras una persona extranjera casi recién llegada a España y con unos pocos meses de antigüedad en el trabajo, y además, y por si fuera poco, no sabías ni las cuatro reglas. Con el debido respeto sigo creyendo que era lo máximo a lo que podías aspirar entonces, dados tus humildes orígenes campesinos y tu escaso nivel de instrucción. Con ese currículum, ¿qué esperabas obtener a cambio?

Te quejabas, te me quejabas por tu reducida nómina y por muchas cosas más que ahora no es momento de explicar, como si yo fuera el responsable del que tú llamabas "bajo salario", unas sesenta mil de las antiguas pesetas. Te escuchaba, me gustaba hacerlo, y terminaba por decirte lo mismo, que tenías que ampliar tus estudios y conseguir una titulación que te habilitara para optar a un empleo mejor remunerado. Pero seguías quejándote mientras me respondías que eras vieja para ponerte a estudiar, que estudiar era cosa de niños. ¡Qué pena, me casé con una vieja de veintidós años!

A muchos cubanos os gustaba caer en la disparatada tentación de pensar que en España éramos todos ricos, porque al llegar a Cuba de vacaciones algunos de nosotros, nada más salir del aeropuerto, nos alquilábamos un coche para trasladarnos de un lugar a otro con mayor fluidez, pues la red de transportes cubana era virtualmente inexistente. A veces, por conocer más de cerca la realidad de tu país, no cogía el coche y me dejaba llevar de un lugar a otro de La Habana en un enorme, ruidoso, destartalado *camello*, un autobús repleto de personas donde podía ver, oír, oler y sentir cualquier cosa.

Doy por sentado que sabes que en la actualidad viajar por Cuba sigue siendo complicado para los cubanos. Tras la desintegración de la Unión Soviética, junto al efecto del bloqueo norteamericano, la falta de suministros se hace aún más evidente en los ferrocarriles y en los autobuses marca Astro, que están más obsoletos todavía que cuando estuve allá. Al no haber suministros, tanto unos como otros se siguen estropeando con frecuencia y sus horarios son tan caóticos como siempre para tus compatriotas. En mi caso, como te decía en el párrafo anterior, me alquilaba un pequeño vehículo, el más económico, pero aún así el importe diario de alquiler, unos sesenta dólares americanos, equivalía al salario de más de seis meses de un cubano medio, y aparte había que pagar la gasolina suministrada en gasolineras especiales para turistas, que dicho sea de paso era más cara que en España.

Vosotros teníais vuestros propios surtidores de combustible, antiquísimos, regalados por la antigua Unión Soviética al actualmente anciano dictador de tu país. Algunos de vosotros vendíais a turistas gasolina más barata porque era un producto más del llamado "mercado negro", ya que la robabais de los camiones de transporte del gobierno para venderla, aunque con frecuencia adulterada, de forma que luego el coche funcionaba mal o se paraba.

Algunos de nosotros podíamos permitirnos diferentes gastos: coche alquilado, hotel, diversiones y compras, durante nuestras vacaciones en la isla, porque previamente habíamos estado ahorrando el importe quizá a lo largo de todo un año. No obstante, ello era para muchos de vosotros un falso indicador más de que en España éramos todos ricos.

¿Te acuerdas de nuestras facturas de teléfono? Eran astronómicas, cada día hablabas interminables conversaciones con tu familia de Cuba, cuyas conferencias generaban otro derroche más. Aún dándome cuenta de que estabas lejos de tus seres queridos y necesitabas comunicarte con ellos, a mi juicio no dejaba de ver que era un gasto alocado. Para evitarlo, te propuse que hicieras esas llamadas desde una cabina telefónica próxima a casa, con tarjeta y las llamadas locales hacerlas desde el teléfono fijo de casa. Al principio te pareció bien mi propuesta pero cuando yo estaba fuera de casa pude comprobar que aprovechabas mi ausencia para seguir llamando a tu familia.

Las mismas carestías que tenías en Cuba las encontré en la mayor parte de los demás cubanos y, sin embargo, a muchos se les veía felices y conformados con su suerte. Esas eran las personas a las que más admiraba. Para ellos lo más importante era estar en su país, junto al calor de su familia, cultivando sus costumbres y amistades. Me parecieron personas sencillas con las que me relacioné, incluso algunas me brindaron lo poco que tenían sin esperar una contraprestación. De ahí que me quedara con aquel refrán cubano que decía: "Mi vino es ácido, pero es mi vino".

En relación con tu afición por rendir culto al gasto y a la ostentación, recuerdo un día en Zaragoza en que fuimos a un enorme centro comercial sobradamente conocido y concurrido en ésta y en otras muchas ciudades españolas, donde la primavera parece adelantarse y hacerse realidad todos los años, mucho antes de que dicha estación sea un hecho tangible en la naturaleza. Tú, cómo no, sucumbiste en ver anticipada la moda primaveral del año 1996 que dictaba el mencionado y prestigioso centro comercial porque querías anticiparte, como él, y comprarte más ropa, y eso que por esas fechas -febrero o quizá marzo- el armario que ocupabas estaba lleno a rebosar. La cuestión es que volvimos a casa con más vestimenta que acaso llevarías más tarde, cuando el tiempo y la temperatura así lo aconsejaran, o que terminarías regalando a tus hermanas antes de estrenarla: algo relativamente frecuente en ti, comprar ropa para regalarla a tu familia. Haciendo compañía a tanta prenda innecesaria y tanto gasto también innecesario compraste abundantes yogures, pues decías que en Cuba no los habías probado y ahora querías hartarte de ellos. Como sucediera en anteriores ocasiones, numerosos yogures terminaron caducados y engullidos por el cubo de la basura.

Gracias a mí, al que tú llamabas "avaro", no sólo conseguiste tu mayor deseo, que era salir de Cuba, sino que ahora tienes contigo a tus tres hijos, varias hermanas y sobrinos carnales.

Podrás darte cuenta de que el dinero es la constante principal que más se repite a lo largo de estas páginas, y de nuestra pasada relación: pienso que ello obedece a que desde el principio tuve la sensación de que aún sabiendo que no era millonario, te casaste conmigo por el dinero, para asegurarte a ti misma y a toda tu numerosa familia un bienestar económico del que, con diferencia, carecíais en Cuba.

Yo siempre estuve dispuesto a compartir mi sueldo contigo, incluso una parte de mis ahorros en caso de auténtica necesidad, porque desde muy pequeño aprendí el valor de la generosidad. A lo que no estaba dispuesto, ni lo estoy, es a ser generoso o tolerante con los gorrones insatisfechos, oportunistas e intolerantes. Tenía la sensación de que, en contra de mi voluntad, estabas metiendo despiadadamente la mano en mi bolsillo para extraer de él el dinero que te viniera en gana.

Todavía me acuerdo de mi abuelo materno, un hombre capaz de arrastrar más de ochenta años de privaciones y de ignorancia, pero a la vez una persona de callada sabiduría, que sólo hablaba para decir lo indispensable. Él solía hacer mención a un sabio y antiguo refrán: "En la mesa y en el juego se conoce al caballero". Con el permiso de mi difunto y querido abuelo, voy a modificar su refrán según mi criterio: "En la mesa, en el juego y con el uso que se hace del dinero, se conoce a la dama y al caballero".

La misma clase de relación por interés que tuviste conmigo, desde que nos conocimos hasta que nos separamos, mantuviste con un hombre allá en Cuba antes de conocernos. Tú misma me comentaste, para espanto mío, que viviste con un hombre al que no querías pero que lo aguantabas porque cubría todas tus necesidades económicas y las de la hija que tuviste con él, Sandra. Por circunstancias de la vida me enteré que, después de separarnos, conviviste con otro hombre aquí en Zaragoza, también por interés y repitiendo los mismos esquemas que utilizaste conmigo, con el padre de Sandra y con otros.

Si miras a tu alrededor podrás comprobar que esta conducta repetitiva tuya, es la misma que siguen utilizando actualmente otras inmigrantes casadas con españoles. Esa es, a mi modo de ver, la auténtica avaricia.

Hace poco salí a tomar un refrigerio con una inmigrante rumana que me pareció ser un fiel reflejo de lo que antes te comentaba. Ella, una mujer de unos cuarenta años y con tan solo unos pocos meses de estancia en España, ya quería tener lo que la mayor parte de los españoles hemos llegado a conseguir con muchos años de trabajo perseverante en este país. Créeme si te digo que, a pesar de ser una joven y atractiva mujer, no dejaba de sentir hacia ella el rechazo que se siente hacia esa clase de personas que lo quieren todo y a ser posible al instante, sin que importen los medios para conseguirlo. Su atractivo físico y su juventud quedaban eclipsados por la aversión que iba sintiendo hacia ella mientras la escuchaba hablar. Entre tanto y en silencio, escuchaba y tomaba nota de las sucias tretas que ella decía utilizar con los hombres para conseguir sus objetivos, que lejos de dejarme impasible me producían repulsa hacia semejante forma de manipulación y crueldad.

El único y deplorable propósito de algunas personas es ganar o competir por pequeños y no tan pequeños beneficios personales, aprovechándose de los demás, recurriendo a cualquier medio.

Estuve a punto de cometer un error añadido contigo. Aunque ganaba un buen salario, sabrás que comencé a buscar otro trabajo aprovechando las horas que tenía libres por la tarde, porque incluso con nuestros dos sueldos no nos llegaba para terminar el mes. Por fortuna no lo encontré, porque hubiera trabajado más y te hubieras encargado de dar buena cuenta de los nuevos ingresos.

En medio de la tortura que representaba mi convivencia contigo me preguntaba cuánto tiempo tendría que pasar hasta que dijera basta. ¿Durante cuánto tiempo más podría aguantar aquello? Sabía que no debía seguir adoptando una actitud servil y convertirme en alguien de quien pudieras abusar y a quien pudieras utilizar permanentemente. ¿Sería capaz de madurar a partir de tan calamitosa situación? Ahora estoy convencido de que aguantar en una relación destructiva no es un ejemplo de amor sin reservas, más bien puede ser una manifestación de falta de autoestima.

Manuel Cebrián

NUESTRAS VACACIONES EN CUBA.

Cuando ya estábamos casados y vivíamos en España, fuimos de vacaciones a Cuba en junio de 1996.

Antes de salir del aeropuerto internacional José Martí pasamos los férreos controles militar y policial de inmigración y aduanas. Se notaba que acabábamos de entrar en un país con una poderosa y omnipresente dictadura pues el sistema estaba siempre vigilando, merced a un extenso cuerpo policial desplegado en cualquier lugar del país por el que uno transitara.

Liberados de tan molestos trámites burocráticos y ya en la calle, con nuestros equipajes, nos llamó un desconocido ofreciéndonos su vehículo para llevarnos a cualquier parte que quisiéramos de la isla. El considerable calor junto a la fuerte y pegajosa humedad tropical del Caribe empezaron a hacernos mella, por lo que no llegamos a reparar en que no podíamos sino coger un taxi oficial, o sea, del gobierno. Y huyendo de ese enorme calor subimos al coche equivocado, porque mientras nos dirigíamos a casa de tu hermana Liliana nos paró un policía. Muchos cubanos que disponían de coche, se veían obligados a ejercer de taxistas sin licencia para ganarse honradamente un poco de dinero extra. Pero el rígido agente de policía del gobierno lo detuvo y fingió decomisar el coche de su compatriota al adivinar casi de inmediato que se trataba de un falso taxista, más aún viendo en el interior del vehículo a dos personas de las cuales una -yo- era extranjera.

Quise ayudar al desvalido hombre y lo hice, diciendo al agente que se trataba de un amigo de tu familia que había venido al aeropuerto a recogernos. Después de perder casi media mañana en discusiones, pues el tiempo carecía de valor para la mayor parte de vosotros, el policía, con un lenguaje inequívoco me incitó abiertamente a que lo sobornara. Le entregué veinte dólares -equivalente a un salario cubano de unos dos meses- y nos permitió a los tres, después de disculparse torpemente, seguir nuestro camino. Pero qué voy a contarte precisamente a ti, pues de sobra sabes que casos parecidos de corrupción se daban con frecuencia en Cuba, un país potencialmente rico pero gobernado por un demente que tenía y tiene en un puño a todo un pueblo, sumido en una injusta pobreza extrema.

Y hablando de corrupción, seguramente recordarás lo que me pasó un día que fuimos juntos a la Embajada Española -un precioso edificio colonial, de los pocos que podían verse iluminados por la noche, como otros tantos que había en La Habana dignos de ser admirados por su excelente estado de conservación-. Me atendió el notario, un funcionario cubano, al que por hacerme unas fotocopias de unos documentos necesarios para casarnos le di un billete de cinco dólares, para que se cobrara. Como quiera que no me devolvía los cambios, le pregunté si le había entregado suficiente dinero y me dijo que sí, de modo que le regalé casi medio mes de su salario, pero a cambio, cada vez que íbamos a la Embajada me dirigía precisamente a él, mientras le recordaba que yo era aquélla persona a la que hizo unas pocas fotocopias y que a cambio le entregó un billete... Así me atendía diligentemente, incluso antes que a otras personas que había delante de nosotros.

Aquellas vacaciones llegamos a gastar cerca de un millón y medio de las antiguas pesetas, casi nueve mil euros, lo que me pareció un fabuloso derroche más, pero íbamos a ver a tu familia, entre otras cosas para que vieran lo "felices" y adinerados que éramos -según tú- cuando resulta que llegamos a Cuba cargados con nuestros propios y graves problemas de convivencia. De hecho, para poder realizar el viaje tuviste que pedir dinero prestado al banco y yo tuve que coger la mayor parte de dicho importe de mis ahorros.

Me quedé en La Habana y tú marchaste en avión a Guantánamo a ver a tu familia, llena de celos porque pretendía seguir siendo lo que era, o sea, comportarme como un caballero con Belinda, una conocida y prestigiosa abogada cubana, allegada al Gobierno de tu país, que nos quería ayudar a poner un pequeño negocio en la capital, acaso un *paladar*[8].

---

[8] Pequeño restaurante familiar.

Tú sabías que me gustaba comportarme como un caballero. Lo hacía en primer lugar contigo y lo repetía con las
demás mujeres, y Belinda no fue una excepción. Contacté
con ella por mediación de mi amigo Pedro, abogado resi-
dente en Zaragoza quien me dio una carta de recomendación y unos cuantos regalos para ella. De él te he hablado
en páginas anteriores, y como recordarás, fue precisamente
el letrado que me asesoró cuando nos separamos.

Sobre el asunto de los celos que antes te comentaba
tengo que añadir una conclusión a la que he llegado. El celoso con sus celos tal vez "invite" de alguna forma al otro
miembro de la pareja a la infidelidad, pues tanto piensa el
celoso que su compañero es infiel, que al final resulta cierto.
El celoso desea, de forma inconsciente, que se cumpla
aquello que teme. Pienso que ser celoso es un indicador de
baja autoestima. A todos nos gusta que confíen en nosotros
y también apreciamos que nuestra pareja tenga una sana
autoestima. Como hacen los animales, nosotros también de-
seamos y buscamos copular con una pareja sana en los aspectos psíquico y físico, y los celos implican falta de salud
emocional, siendo capaces de cegar ante las evidencias más
cristalinas los ojos de cualquiera.

Belinda, a esos presentes de Pedro, respondió tratán-
donos con todo respeto y amabilidad, presentándonos a
unas amables y buenas personas en La Habana que inten-
taban hacer negocios. Estas personas, que eran familia, ga-
naban dinero poniendo en contacto a empresarios españoles con funcionarios cubanos, siempre y cuando se produje-

ra alguna actividad comercial de exportación/importación. No surgió ninguna operación pero se generó entre nosotros una bonita relación de amistad, incluso nos invitaron a varios eventos familiares tales como un cumpleaños y un aniversario de boda, aunque no quisiste asistir porque decías que eran unos borrachos, actitud que me pareció desastrosa por tu parte, porque no dejaban de ser sino un grupo familiar de gente honrada y alegre. Por fin, un día, y para agrado mío, me acompañaste a una cena familiar con dos de sus miembros y sus esposas; estuvimos cenando en un entrañable y solitario restaurante, El Rincón Habanero, ubicado al final de un espigón que penetraba en el mar, junto al puerto de La Habana: un lugar apacible en el que se podía hablar tranquilamente acompañados los seis por una suculenta cena criolla y una suave música lugareña.

Como te decía más arriba, ibas a Guantánamo a ver a tu nutrida familia: madre, hermanos, tíos y sobrinos, con varias maletas cargadas de regalos para todos ellos; de ahí, en parte, la justificación del brutal e innecesario gasto que antes he indicado.

Incluso en tu país, estando los dos de vacaciones y habiéndonos casado hacía sólo un año y medio, ya había entre nosotros numerosos problemas de difícil solución, unidos a los recientes e infundados celos hacia Belinda. Después de comer un día juntos los tres, le lanzaste a la pobre una dura diatriba y acabó llorando. Yo hubiera querido desaparecer debajo de la tierra. Ella, además de intentar ayudarnos, nos invitó un día a ir a un concierto de música clásica que se celebraba en el interior de la bella y colonial catedral de La Habana, pero como no quisiste asistir porque decías que eso de los conciertos era una bobería me fui con ella y de ahí el rencor que fuiste almacenando hacia su persona. Belinda era una buena persona; toda una señora, educada y culta, y eso te hacía sentir incómoda e inferior con relación a ella. En otra ocasión, y para evitar una nueva disensión contigo, fui solo a otro concierto, esta vez en el patio interior del convento de S. Francisco.

Todo esto hizo que cuando me quedé solo en La Habana, intentando hacer negocios con las muestras de productos que había llevado conmigo desde España, me percatara una vez más de que nuestro matrimonio, si así se le podía llamar, había sido y era una falacia, un engaño y un fraude, por lo menos para mí pues tomé conciencia de que mi matrimonio, como otros muchos mixtos -por lo común el hombre era español y la mujer cubana o de algún país americano de habla hispana- sólo iba a durar unos pocos y penosos meses más, fenómeno que acontece cuando uno de los cónyuges se da cuenta de que su pareja se casó con él por interés.

Si tienes Internet, podrás ver el negocio que sustenta un lamentable y sancionable mercado de doble sentido, o sea, el extranjero que se ofrece y el español o española que también oferta a buen precio el paso por una ceremonia civil que dé forma de matrimonio a una relación inexistente que se hace por conveniencia –*matrimonios blancos*[9]-. Me

---

[9] De conveniencia.

consta que, en los trámites previos, el juez titular de los registros civiles tiene una recomendación expresa de averiguar si todo es correcto, en el supuesto de matrimonios civiles entre extranjeros y nacionales. Se pregunta a los contrayentes, por separado, para descubrir si se trata de un guión aprendido o de una verdadera intención de legalizar una situación afectiva, de hecho, que ambos quieren que sea de derecho.

Con relación a lo anterior, ¿recuerdas la entrevista que nos hizo un policía al poco tiempo de tu llegada a España? Él sabía sobradamente que más del noventa por ciento de los matrimonios mixtos fracasaban al poco tiempo, pues lo que primaba en ellos era el mero interés y no el amor. Además, ese policía del departamento de extranjería, no ignoraba el hecho al que estabais acostumbrados: que vosotros os separabais en Cuba de vuestra pareja ante la menor dificultad, para acto seguido empezar una nueva relación de la que con frecuencia volvían a salir hijos, por eso te hizo tantas preguntas.

Habiendo tomado conciencia del fraude que había sido y era nuestro matrimonio, vi que una parte de mi preciosa vida se me estaba escapando inútilmente entre los dedos, junto a mi juventud, de modo que ya poco respeto me merecía nuestra unión y me dediqué a disfrutar con cuantas mujeres me gustaron y se pusieron en mi camino los días que estuviste con tu familia en Guantánamo y yo me quedé solo en La Habana.

Al hilo de lo aludido en el párrafo anterior, aún recuerdo con simpatía y deleite a una de estas mujeres. Se trataba de una mulata, hermosa, joven y risueña que conocí una noche en la Discoteca 1830, junto al túnel de Quinta Avenida, la peculiar y popular sala al aire libre situada junto al mar de tal forma que las olas se dejaban apoyar suavemente junto a la balaustrada que llegaba casi hasta la pista. Cuando nos miramos, una sonrisa partió de mis ojos y fue a encontrarse con los de ella, que correspondió con otra. Casi no hablamos. Seguramente había pocas cosas que decir porque todo apuntaba a que nos habíamos caído bien y nuestras miradas hablaban por sí mismas, diciendo muchas cosas. Bailando, nuestros cuerpos se unieron como si estuvieran acostumbrados a estar juntos. Estuvimos hasta altas horas de la madrugada bailando suelto y agarrado.

Me parecía demasiado cruel romper tan pronto ese bello y casual encuentro, por lo que después de estar juntos en otros lugares de diversión habaneros, aceptó la invitación de pasar la noche conmigo. Fue un bello regalo que me vino llovido del cielo y que no podía ni debía desdeñar. Jamás una mujer me ha hecho tan feliz en la cama por una noche, llena de momentos alegres, placenteros, fugaces e intensos. A la mañana siguiente, en medio de emocionados besos y suaves caricias, nos despedimos como esos amantes que saben con total certeza que no van a volverse a ver. De cuantas mujeres conocí en Cuba, Mayelin -siempre me acordaré de ese dulce nombre- fue la única que no me pidió nada a cambio, porque seguramente supo entender que nos lo habíamos dado todo.

Con relación a estas íntimas confesiones tengo que aclarar que me ha costado serte franco, porque la fidelidad siempre tuvo y sigue teniendo para mí una importancia vital. Sin embargo, después de tanto tiempo transcurrido, imagino que las manifestaciones que acabo de hacerte de pasada infidelidad no te habrán hecho la menor mella. Incluso podrá parecerte una incongruencia si te digo que me gustaba sentirte a mi lado y presentarte como mi mujer, ese era mi auténtico sentimiento. Llevaba orgulloso mi anillo de hombre casado que en contadas ocasiones me lo quitaba, aunque a esas alturas de deterioro matrimonial, en junio de 1996, tristemente ya nos habíamos perdido el respeto y el anillo en cuestión carecía de significado.

CRISIS GRAVE EN LA CONVIVENCIA.
ÚLTIMOS DÍAS DE SUFRIMIENTO.

Todavía recuerdo, no sin una cierta tristeza, que a primeros de octubre de 1996, cuando nuestra relación estaba al borde de la quiebra y no hacíamos nada para remediarlo, te propuse que fuéramos a un psicólogo en busca de ayuda, pero a los pocos días me dijiste que estabas buscándote un piso porque querías irte de casa y que tenías una abogada que estaba asesorándote. Me quedé tan helado, tan cortado con ese doble y duro comentario, que no supe qué decir en esos momentos. En presencia de tu abogada, en su despacho, me propusiste irte de casa por espacio de dos meses porque pensabas que, durante ese tiempo, las cosas mejorarían entre nosotros y después podríamos volver a estar juntos y felices. Pero pensé que tras esa prórroga de dos meses que me pedías las cosas volverían a ser como antes, porque nuestra conducta y sentimientos formaban parte de nuestra propia naturaleza, de nuestros esquemas o formas demasiado diferentes de pensar, sentir y obrar.

Recordé ese conocido refrán: "Nunca segundas partes fueron buenas", y el cuento del alacrán que promete no picar con su veneno a la rana, si le hace el favor de pasarlo a la otra orilla del río; cuando el alacrán se ve sobre los lomos de la rana y ambos están a punto de cruzar el río, el alacrán, súbitamente, hunde su venenoso y potente aguijón en su benefactora y cuando ésta le pregunta por qué lo ha hecho, el alacrán le responde que, clavar el aguijón forma parte de su naturaleza, incluso aunque semejante locura vaya contra su propia vida. Por eso te contesté que si podíamos estar separados dos meses, como tú deseabas, podíamos estarlo para siempre. Y allí mismo, lleno de dolor, te pedí la separación que no dudaste en aceptar.

Más adelante, cuando estábamos en el juzgado firmando los documentos de nuestra separación tu abogada se atrevió a decirme en privado, sin conocerme, que a vosotras las cubanas os entendía, pero que a nosotros los españoles no nos conseguía comprender. Ella se encontraba, casi a diario, con casos de matrimonios en vías de separación similares al nuestro, o sea, matrimonios mixtos por interés. Le planteaste en mi presencia si podías pedirme alguna clase de pensión y ella, supongo que dándose cuenta de la situación real, te disuadió. Supo captar que todo lo que tenías, incluyendo el hecho de haber salido de Cuba, lo tenías gracias a mí y no le parecía demasiado honrado, además, que yo te pasara una cantidad mensual, y concluyó diciéndote que no tenías garantías de conseguirlo. Molesto en grado sumo por tu reiterada y avariciosa desvergüenza te dije duramente delante de ella que hicieras lo que quisieras pero que si intentabas hacerme más daño iba a jugar con tus propias cartas. Yo era un hombre bien relacionado y sabías que en la policía de inmigración tenía un conocido dispuesto a ayudarme y hacer lo posible para que volvieras a Cuba con lo mismo que trajiste a España, o sea, con nada. Y fichada por la policía española y por la cubana para que no volvieras a utilizar a otro extranjero para escaparte del país. Te recordé finalmente que incluso el trabajo lo tenías y lo conservabas gracias a mí.

A partir de nuestro divorcio estuve un tiempo solo en el que ni siquiera osé acercarme a las mujeres; necesitaba un espacio y un tiempo para dedicármelo a mí mismo, para reflexionar y curar las heridas producidas por la convivencia y posterior separación. Después, felizmente, pude empezar a abrirme y a contemplar de nuevo la posibilidad de encontrar a una mujer.

Por espacio de tres años -1999, 2000 y 2001- me embarqué en la escritura de *La clara visión*, el libro del que te he hablado en páginas anteriores; tres años de estar concentrado sobre todo en la escritura y disfrutando del placer añadido de la investigación sobre el tema del chamanismo que tanto me gustaba, y que había podido vivenciar a lo largo de cuatro viajes a la Amazonia peruana. Durante esos años y los que siguieron, fueron apareciendo en mi vida unas cuantas mujeres sin que llegara a surgir con ninguna de ellas una relación estable.

Aunque la soledad y el silencio sabes que me encantaban, sigo reconociendo que mi vocación no era la de hombre solitario, o sea, albergaba la esperanza y el interés de encontrar una pareja, una mujer completa con la que pudiera tener objetivos comunes; una buena persona en la que confiar plenamente. Una mujer cultivada con la que fuera posible hablar de todo; que nos gustáramos, que quisiéramos estar juntos y tener una vida sexual sana, creativa y placentera.

No deseo dar la imagen de que la relación contigo fue un asunto estéril, que todo significó un completo error. Seguramente al elegirte, no del todo conscientemente, quise experimentar y con ello aprender más cosas que necesitaba saber para crecer como persona y, en el futuro, cuando me encontrara con mi pareja verdadera, poder estar a la altura de las circunstancias.

Desde ese punto de vista nuestra relación significó un acelerado y duro aprendizaje que gracias a él, me llevó a encontrar, a atraer, a esa persona por tantos años buscada: Violeta. Una mujer bonita por fuera y hermosa por dentro; linda y atractiva en su conjunto, idéntica a la planta que lleva el mismo nombre, de flores moradas o blancas y de suave olor, como el de ella. Violeta es una preciosa flor con agraciada forma femenina. Cuando la siento cerca, un millón de inquietas hormigas recorren mi pecho y mi estómago, provocándome un ligero y natural nerviosismo interior, el típico que siente un hombre por una mujer cuando ésta le gusta y quiere hacérselo saber una vez más, y desea con sus acercamientos mirarla con frecuencia a los ojos y fundirse con ella en una nueva mirada.

En tanto marchaste definitivamente de casa, casi todos los días te ibas a pasar la noche, con tu hija, a casa de una señora que se prestó a darte cobijo y ayuda, según me comentaste. Otro tiempo estuviste sin dormir en casa porque, al parecer, ibas a cuidar a una anciana. No se me ocurrió averiguar qué hacías en realidad en casa de esas personas, porque la suerte ya estaba echada y cada vez me importabas menos.

Los dos últimos meses que estuviste en casa, coincidiendo con los meses de noviembre y diciembre de 1996, constituyeron un gran sufrimiento para mí, un calvario, pues me tratabas con indiferencia, como si el que sobrara o molestara en casa fuera yo. ¿Tenías en mente quedarte con mi propia casa? Durante esos dos meses, llegué a pensar que entraron en tu vida algunas personas, de las que de forma ambigua me comentaste, que te aconsejaron mal pues tu actitud hacia mí era cada día más agresiva, como si buscaras que tuviera hacia ti una actitud de ruptura violenta de la que poder obtener mayor partido. Mientras tanto, ansiosamente, buscabas en el periódico un piso al que marcharte con la niña. Me daba mucha pena Ania, porque presenció nuestros últimos y peores momentos como pareja. A ella le llegué a tomar un gran afecto, a quererla como si fuera mi propia hija. Recuerdo con gran ternura que todos los días la llevaba al colegio de la mano; debíamos parecer dos niños felices riendo y haciendo bromas por la calle.

Descubrí, una vez más, que seguías haciendo largas llamadas telefónicas a Cuba durante mis ausencias, por lo que tomé la decisión de llevarme siempre los dos teléfonos en una bolsa cada vez que salía de casa a resolver algún asunto. Todo te daba igual, y yo me refugiaba en la lectura y en la aceptación de lo que ya era un hecho consumado. Cada vez sentía con mayor claridad que estaba viviendo con el enemigo en mi propia casa, pero tenía que aguantar tu insolente y agresiva actitud sin perder los estribos. Días antes de marcharte, intentaste tenderme una ingenua pero astuta trampa. Me planteaste que diera mis apellidos a tu hijo Raulito, precisamente cuando ya todo entre nosotros había concluido.

Sabía que por cada final hay un comienzo; que este triste final, contigo, daría origen a otra etapa de mi vida mucho mejor que la anterior. Algo que me servía de consuelo era pensar que todas las cosas ocurren en el lugar y en el momento adecuado, de lo que deducía que saldría de esa sombría situación fortalecido y enriquecido como persona, y que la vida me había mostrado y enseñado una importante instrucción de la que siempre me acordaría.

Acuden a mi mente unos pensamientos que deseo compartir contigo pertenecientes a Ana Mª Schlüter, maestra Zen, a la que tuve el deleite de conocer, y la bonita experiencia de tenerla como enseñante durante un retiro de una semana en su monasterio de Brihuega, pueblo de Guadalajara:

"Son necesarios sucesivos procesos de duelo para ir abriéndose camino en la aceptación del dolor y la frustración como elementos integrantes del crecimiento y la apertura a la vida. No significa volverse insensible, estoico o heroico. Hay que poder sufrir, dolerse, estar triste. Aceptar de verdad la condición humana, a la que pertenece esencialmente el nacer/morir, significa no evadir el dolor ni el sufrimiento".

Cuando marchaste definitivamente de casa, me sentí en libertad, aunque también sentía que esa misma libertad me resultaba aburrida, sobre todo dolorosa, porque faltabas tú. Mi pecho estaba tan dañado que no había espacio para nada más. No había pasado un año desde tu partida, cuando, arrepentida, comenzaste a llamarme por teléfono a casa; pero de ese supuesto arrepentimiento te hablaré en el siguiente apartado.

Con el tiempo pude ir rehaciendo mi vida y mi maltrecha economía. Retomé el hábito perdido de leer, escribir y viajar a otros países y poder conocer otras culturas, sobre todo las antiguas, pues siempre fui consciente de que nada hay que una tanto a los hombres como la cultura. Pensaba que estábamos aquí, en la Tierra, para aprender.

Escribiéndote estas líneas, sigo buceando mentalmente por el mar de los recuerdos, mientras penetro en otras emociones archivadas en algún recóndito lugar de mi ser, y no dejo de admitir que en el pasado también experimenté contigo bellas sensaciones, de las que tú fuiste artífice; cosas hermosas que supiste crear en mi corazón. Voy a comentarte a continuación algunas.

Entre otros, acuden a mi memoria los bonitos recuerdos de aquellas tardes que íbamos a La Marina Hemingway, un club de lujo en medio de la más cruda pobreza de La Habana. En ese exclusivo y protegido lugar -al que, como ocurría en los hoteles, bancos, embajadas y empresas privadas, tampoco teníais libre acceso los cubanos- aprovechábamos para realizar las compras para la casa, nos bañábamos en el mar, o embobados, observábamos los enormes y ostentosos yates privados que estaban atracados en sus muelles. Cuando te bañabas tú sola, yo aprovechaba para leer algún periódico o revista: *Granma Internacional*, *Gaceta Oficial*, *Arte Cubano*, *Casa de las Américas*..., sabiendo que toda la prensa estaba mediatizada por la dictadura; no obstante, me entretenía informándome de una parte de la realidad de tu país.

Todavía creo paladear con deleite el rico *mojito*[10], del que disfrutábamos alguna que otra noche, en la conocida Bodeguita del Medio, un pequeño e íntimo bar donde nació esa agradable e internacional bebida, y en el que se podían escuchar, en vivo, a pequeños grupos musicales interpretando *son*[11].

No es menos placentero el recuerdo de tu compañía, con motivo del concierto de salsa de los Van Van, junto a

---

[10] Cóctel a base de ron, azúcar, zumo de limón, gaseosa y hierbabuena.
[11] Danza y canción de origen cubano, mezcla de ritmos africanos, españoles e indígenas.

las escaleras del Capitolio de La Habana, un soberbio edificio inspirado en el de Washington.

Igualmente, me es grato recordar los paseos junto a ti por La Habana Vieja, una ciudad dentro de otra ciudad que había perdido todas sus capas de pintura. La belleza de lo que fue y ya no es; un esplendor casi marchito formado por bonitos edificios de la época colonial con un mediocre estado de conservación, y los espectros de otros que, por la total falta de mantenimiento, se habían hundido o estaban apuntalados, a punto de pasar por ese inevitable trance.

Al atardecer, sintiendo en la cara la suave brisa marina, a veces paseábamos por el Malecón donde hablar con cualquiera era algo habitual, pues el cubano es comunicabilidad a flor de piel.

Siempre te estaré agradecido por las visitas que me hiciste al gimnasio para verme entrenar, y que tan orgullosa te sentías de tener un marido cinturón negro de kárate. También recuerdo con deleite cuando, viviendo juntos en Zaragoza, aprovechando unos días libres que teníamos los dos, marchamos de viaje hacia el sur y visitamos bellos espacios naturales, acompañados de momentos de común armonía. O los meses durante los que intentamos hacer funcionar un negocio de ventas de productos de demanda continua -detergente para la ropa, gel, champú, colonias, etc.-; aunque no prosperó, fue un bonito aprendizaje para nosotros, llegando a la conclusión de que con él habíamos tenido un proyecto en común o un nexo de unión más que nos hacía sentir mejor como personas y como pareja.

Con relación al negocio de ventas antes aludido, nos asociamos con una compatriota tuya, casada con un español. Este patán, que tenía a su mujer totalmente controlada, comenzó a sobrepasarse contigo utilizando indecentes insinuaciones; era el dueño de un bar situado en la calle Salvador Minguijón, de Zaragoza. Un día que entré contigo a su bar, intentó nuevamente faltarte al respeto y lo reté a salir a la calle para solucionar de una vez por todas, de hombre a hombre, tan lamentable cuestión. Ya en la calle te pedí que te apartaras de nosotros porque de un momento a otro íbamos a empezar a pelearnos, pero él mostró miedo, empezó a echarse para atrás y ahí se acabaron todas sus malditas y feas maneras para contigo.

Querida Marielis

Tu arrepentimiento.

Ya había pasado un año aproximadamente desde nuestra separación, cuando mis buenos amigos Ramón y Esmeralda, con los que pudimos salir a bailar más de una vez y divertirnos con ellos, me informaron de algo que a continuación te comento: toda una paradoja. Ellos me expresaron acerca de la incómoda extrañeza que sintieron cuando les dijiste que estabas arrepentida de tu conducta conmigo y que me seguías echando mucho de menos, cuando resulta que ellos te vieron bailar bien apretada la misma noche de tu emotivo comentario con un señor -precisamente con el que fue tu siguiente pareja y víctima-, en la misma discoteca que mis amigos estaban bailando.

Después de marcharte de casa me llamaste varias veces planteándome que retomáramos la relación.

Tu primera llamada telefónica fue con la excusa de pedirme unas mantas y unas ollas para cocinar que no dudé en entregarte. Pensé: "A enemigo que huye, puente de plata; dale lo que te ha pedido, aunque no sea suyo". Aprovechaste para decirme que habías comenzado a leer libros de auto ayuda, porque habías entendido que te hacía falta y que lamentabas no haber leído algunos de los que yo tenía en el escritorio, esos que tantas veces te recomendé que leyeras, para que siguieras enriqueciéndote interiormente. Añadiste que, desde que te habías marchado de casa, te dabas cuenta de los errores cometidos. Te contesté con evasivas porque me di cuenta que estabas utilizando nuevas tretas para congraciarte conmigo y ablandarme hasta el extremo de que te pidiera que volvieras a casa.

A finales de enero de 1997 llegó mi cumpleaños y me volviste a llamar. Querías que nos viéramos y acepté, como también acepté los regalos que me hiciste, a pesar de que me dio pena porque eran de conocidas marcas, deduciendo que te habías gastado mucho dinero en la ropa; un jersey, una camisa y una corbata, que aún conservo.

En otra ocasión llamaste para pedirme que te acompañara al psicólogo que estaba tratando a tu hija Ania y lo hice por ella, aunque lo que pretendía era estar tranquilo y sin saber nada de ti; suficiente ansiedad interior tenía con soportar tus recuerdos, en especial la añoranza de nuestros buenos momentos ya pasados. Pero aún pidiéndote que no volvieras a llamarme, tus llamadas telefónicas continuaron reproduciéndose por diferentes motivos o excusas.

Otra llamada posterior fue para decirme que me seguías queriendo y que la que se había equivocado de los dos eras tú. Querías una segunda oportunidad y según parecía anhelabas volver a casa conmigo. Me pediste que volviera a llamarte "chatica", esa palabra tan llena de cariño que a los dos nos gustaba y que usara en tantas ocasiones para llamarte. Me pregunté si el destino nos había unido y después separado para que aprendiéramos lo que teníamos que aprender, y así poder reconstruir la relación sobre una cimentación transparente, sólida y realista. No quise responderme a esta pregunta porque creí que tu necesidad real no estaba basada en el amor.

Aunque no te lo decía seguías ocupando un lugar importante en mi corazón, pero te respondía que necesitaba unos días para reflexionar tu petición. Lo que pretendía era calmar el alboroto interior que todavía sentía dentro y que, mientras tanto, el tiempo siguiera discurriendo para que mis heridas emocionales comenzaran a cicatrizar. A ti te quería, lo que no amaba en modo alguno era el sucio comportamiento que habías mantenido desde que nos conocimos hasta nuestro divorcio.

Siguieron tus llamadas con la misma súplica de retomar la relación que para mí era dolorosa viniendo de ti, la mujer a la que aún quería, por ello lo más fácil hubiera sido decirte algo parecido a esto:

—Sí, cariño, vamos a concedernos una segunda oportunidad.

Pero por mi parte, no podía ni debía volver a intentarlo porque aún me sentía lastimado interiormente. Además, estaba convencido de que si se daba un segundo intento volverían a reproducirse los mismos esquemas y miedos, o sea, sería un segundo y más doloroso fracaso para los tres: tu hija, tú y yo. Esto que mientras lo escribo todavía se me pone un nudo en la garganta, era entonces un embarazoso obstáculo que me impedía articularte unas cuantas palabras coherentes por teléfono.

Tu última llamada, la más triste para mí, fue para citarme en un consultorio psicológico gratuito dependiente de una conocida O.N.G. de Zaragoza. Me pediste el favor de que me reuniera contigo en dicho consultorio porque no sabías qué era lo que había sucedido entre los dos; qué nos había llevado a separarnos. Aunque me decías con voz compungida sentirte confusa y que querías aclararte, después comprobé que no dejabas de tenderme una sagaz y nueva trampa en la que por fortuna no caí. En uno de los despachos de esa prestigiosa O.N.G. había dos mujeres jóvenes que dijeron ser psicólogas.

Empezó con ellas lo que parecía ser una entrevista. Les hice saber que en cuanto entraras al despacho —ocupado por ellas y por mí- estaba abierto a hablar de todo, excepto volver a tocar el tema de una posible reconciliación entre nosotros dos. No me extrañó que cuando entraste fue como si las tres, por medio de un disimulado resorte, os pusierais de acuerdo haciendo causa común para abordar el tema del reencuentro, o lo que es lo mismo, valorar la forma de reconstruir y retomar nuestra destrozada relación, por supuesto con la ayuda y tutela de tan sabias consejeras. Fue una situación violenta que recordarás di por finalizada al momento. Ya había sufrido suficiente por el mismo asunto como para volver a remover en un pasado penoso del que por fortuna ya empezaba a emerger, pues las esperanzas de volver contigo comenzaban a despertar y las tenía que apartar de mi mente porque sabía que supondrían más penas.

Antes de marchar, te pedí encarecidamente delante de las dos psicólogas que no volvieras a llamarme, por ningún motivo. Tenía derecho a ello. Quería tener un periodo de duelo tranquilo porque a fin de cuentas la ruptura de la relación contigo fue para mí una forma de muerte, por ello necesitaba ese tiempo -de duelo- y qué menos que un año como mínimo sin saber nada de tu persona, para que los lazos emocionales que me seguían uniendo a ti terminaran de disolverse.

Necesitaba recuperar mi capacidad de amar y sentir alegría. Por eso, todas nuestras fotos, incluyendo las de nuestra la boda, te pedí que te las llevaras cuando marchaste de casa; de esa forma evitaba encontrarme con más recuerdos que me resultaban demasiado tristes. Por el mismo motivo, cuando días después me pediste visitarme en casa, te entregué cosas personales tuyas y de Ania, como su pequeño acuario, el que le compramos con tanta ilusión cuando llegó a España. De ella me acordaba y la encontraba a faltar, pero de ti... me acordaba tanto y tanto que con sólo recorrer mi casa, que tan llena estaba todavía de tu ausencia, no podía por menos sino permitir que las emociones que tanto pugnaban por salir les diera total libertad y las lágrimas irrumpieran nublando mis ojos, terminando por estallar en un llanto sordo y triste, sin que en esos momentos hubiera nada ni nadie capaz de reanimarme. Sabía que llorar era beneficioso para mi salud y bienestar. No en vano así reza un proverbio judío: "Lo que el jabón es para el cuerpo son las lágrimas para el alma".

Eran tantas las veces que te hubiera llamado, sin embargo detuve con firmeza mi necesidad de hablar contigo y decirte, por ejemplo:

-Te necesito porque te sigo queriendo. Vuelve a casa, por favor. Cariño, intentémoslo de nuevo...

Y seguí como un poseso apartando de mí tus recuerdos y los de la niña, por eso pinté de blanco la que fuera su habitación, tapando aquél tierno color rosa que le di antes de que viniera de Cuba a vivir con nosotros. Y a la que fue nuestra habitación, que por petición tuya pintara de azul marino, le devolví su luminoso blanco original con la esperanza de que entrara en mi vida un poco más de luminosidad.

Seguí buscando más cosas que me recordaran a ti y caí en la cuenta de que no podía seguir durmiendo en la cama en la que tan buenos ratos habíamos compartido, de modo que la regalé y me compré otra. En compensación, necesitaba reflexionar y acordarme de los momentos difíciles o molestos ya pasados; por ejemplo, cuando por la noche me veía obligado a levantarme de la cama e irme a dormir solo al sofá de la sala porque resultaba harto desagradable cuando dormida cambiabas de postura y, a la vez, me golpeabas en la cara con la mano o el codo inconscientemente.

Ahora, transcurridos más de diez años desde nuestro divorcio, comprendo lo mucho que quizá tuviste que sufrir porque después que marchaste de casa pretendiendo huir

-¿de mí?- te arrepentiste y querías volver conmigo para seguir juntos. Incluso me propusiste, cuando al parecer habías perdido toda esperanza, el hecho de seguir viéndonos como amigos, sin compromiso alguno, pero con muy buen criterio me negué a ello.

Permíteme ahora que a lo largo de los siguientes párrafos haga una recapitulación sobre todo lo anterior, antes de seguir con otros asuntos.

Como medida de precaución tuve que haber visto la realidad y haberme anticipado a lo evidente: que no había posibilidades a la hora de pensar en una relación viable contigo. Explicándolo de otra manera, lo que tenía que haber sido una simple aventura caribeña más, lo convertí rápidamente en un poco reflexionado y firme compromiso conmigo mismo y contigo. Esa fue desde que era joven mi actitud, la tendencia a establecer vínculos afectivos, a encariñarme y entregarme a una mujer con todas las consecuencias.

Con la experiencia y la comprensión alcanzada con el paso de los años, veo la enseñanza de que antes de abrir el corazón hay que asegurarse de que éste estará en buenas manos o, lo que es lo mismo, que la otra persona no va a aprovecharse para sacar partido de ello o juguetear con los sentimientos de uno como si de un simple juego de dados se tratara. No obstante debo reconocer que, de la amarga experiencia contigo, he salido con mayor experiencia y madurez. Por lo tanto, una de las conclusiones a las que he llegado es que mi mayor y quizás el único error o fallo desde que te conocí fue el hecho de proponerte que nos casáramos.

Las personas que tenía cerca, las que me querían de verdad, mi familia y amigos, veían de alguna forma todo lo que se me venía encima, pero yo estaba obcecado como dice ese sabio refrán: "No hay más ciego que el que no quiere ver". Intuía vagamente que casándome contigo cometía un grave desatino, pero no tuve el valor de echarme atrás porque aún viendo lo que veía, un tiempo después descubrí que me resistía o no quería captar lo evidente: una energía superior a mí o un hechizo perverso que anulaba mis fuerzas y mi voluntad arrastrándome hacia ti, la misma energía que me impulsaba a seguir hasta el final.

Con relación a lo antes expresado acuden ahora a mi memoria varias anécdotas.

Al poco de conocernos, un día estábamos juntos en el apartamento que tenía alquilado en la Villa Panamericana, a unos pocos kilómetros de La Habana, cerca del mar. Esa mañana me enseñaste una linda y coqueta cajita de plástico con diversos productos para el maquillaje. Me dijiste aparentemente orgullosa que te la habían regalado para premiar tu ejemplar conducta y eficacia en tu trabajo de enfermera. Pero pocos días después me confesaste con cierto aire de remordimiento que esa cajita quien te la había regalado era un pretendiente italiano que, como yo, quería casarse contigo, pero que preferías casarte conmigo porque me querías mucho más que a él. Me pediste que te perdonara por mentirme y lo hice.

Otro día nos encontrábamos en el interior del coche, que igualmente tenía alquilado, cuando te pedí el favor de que me sumaras los importes de los recibos correspondientes a las cantidades, en dólares americanos, que había sacado de la oficina bancaria del hotel Habana Libre. Te quedaste mirando aquellos comprobantes como si se tratara de algo extraño y ajeno a ti; como no sabías qué hacer con ellos te pregunté si sabías sumar y me respondiste con un rotundo e inequívoco no. Me habías dicho que tu profesión era enfermera... ¿Cómo es que una enfermera no sabía sumar? Quise saber de tu boca en qué hospital trabajabas o habías trabajado y, nerviosa, no me diste señal alguna de ese supuesto centro hospitalario.

Atónito y enfadado, sumé los importes de todo lo gastado hasta el momento, mientras constataba que estaba dilapidando una parte importante de los ahorros que tanto tiempo me había llevado reunir y no sólo me sentía escarnecido, sino que no veía por ningún lado apoyo alguno que viniera de tu parte, precisamente la persona de la que más lo necesitaba. Casi fuera de control, te dije que me estabas tratando como si fuera un turista con el que poco o nada tenías que ver. Sin responder, saliste del coche y marchaste visiblemente afectada y sin rumbo. No hice nada por retenerte y tampoco me disculpé, aunque fui consciente de que estuve muy duro contigo; con mi comentario te estaba tratando poco menos que de *jinetera*.

Una noche nos fuimos a cenar con tu hermana Yamilia y su novio Tarritos -de los que más adelante te daré mi opinión- al lujoso restaurante Las Ruinas, ubicado en el parque Lenin de La Habana. Después de la cena, y ante la estupefacción de todos incluidos los camareros, te dedicaste con la alocada de tu hermana a subir y bajar las escaleras de acceso a la primera planta como si de una enajenada se tratara en medio de fuertes risotadas, haciendo gestos extremadamente salidos de tono. Me sentí confuso y avergonzado por esa conducta tan estúpida, tan estentórea; cuando te comenté sobre el particular me respondiste que habitualmente tú eras así.

Todavía en La Habana, había veces que de tanto pensar me sentía con la cabeza cargada; para despejarme, recordarás que me iba paseando desde la casa de tu tía, con la que vivías, hasta la cercana costa. Allá encontraba una enorme roca tapizada de pequeñas algas que me servía de apoyo y aprovechaba para reflexionar sobre el trascendental paso que estaba a punto de dar. Casarme. Y algo muy fuerte dentro de mí me decía que, si no lo tenía claro, no me casara contigo, pero hice caso omiso a esa sabia voz interior. Simplemente me dejé guiar por los dictados que creí surgían de mi corazón, tal y como dijera el sabio francés de mitad del S. XVII Blaise Pascal: "El corazón tiene argumentos que la razón no entiende".

Con la experiencia que me ha dado la vida, después de ver en ti tanta falsedad reunida durante los pocos días transcurridos desde que nos conocimos en la discoteca del hotel Comodoro de la Habana hasta que nos casamos, si hubiera querido, habría podido reunir los suficientes elementos de juicio, muestras o detalles, como para darme cuenta que no me convenía en modo alguno casarme contigo. Lo que tenía que haber hecho era callarme y, sin despedida alguna, haber tomado la decisión de volver a España justo después de concluir mis vacaciones en Cuba para perderte definitivamente de vista y tratar de olvidarme de ti.

Antes de casarnos te dije que no me acercaba al matrimonio para que aliviaras mi soledad, porque con ella tenía una buena y vieja relación; tampoco para que solventaras mis asuntos o quehaceres domésticos, porque esos ya los venía resolviendo desde hacía muchos años atrás. Más tarde, a lo largo de la convivencia, pude ver cómo te desentendías de dichos quehaceres: labores de casa tales como la limpieza, el lavado de la ropa, incluso comprar y hacer la comida... Y eso que en Cuba me dijiste delante de tu familia que todo eso lo harías tú cuando estuviésemos viviendo juntos en España.

Me casé contigo porque me prendé de ti y pensé que era sinceramente correspondido; porque deseaba tener una relación de pareja emocionalmente madura, creativa y vinculada por el amor en lugar de unida por ataduras de conveniencia, pero reconozco que yo solo imaginé un sueño largamente acariciado: poder estar junto a una mujer a la que pensé que quería. Fue una ilusión o un espejismo que era tu propia imagen; cuando la acaricié, reventó hecha añicos dejándome al desnudo la verdad de todo, la auténtica y dura realidad.

Con relación a lo que interpreté como un enorme fracaso, el hecho de haberme casado contigo, acude a mi memoria un cuento de Toni de Mello que puede ayudar a comprender que, frecuentemente, acontecimientos que nombramos como fracasos tal vez no lo sean. El cuento dice que un joven de un pueblo comprobó que se le había escapado una yegua. "Mala suerte", le decían. Él respondió: "bueno, malo ¿quién sabe?". La yegua volvió del monte seguida de unos caballos. "Buena suerte", le dijeron. "Bueno, malo, ¿quién sabe?". Montando uno de esos caballos el joven se rompió una pierna. "Mala suerte...". Se desencadena una guerra y en el reclutamiento no se lo llevan por su pierna todavía convaleciente. "Buena suerte. Bueno malo, ¿quién sabe?"

Una enseñanza que extraigo de ese cuento es que la vida, a veces, es compleja y necesitamos perspectiva y sabiduría para afirmar con rotundidad si algo constituye un fracaso o una dicha, en función de otros acontecimientos y el devenir vital.

Después de separarnos casi siempre tuve algún amigo o conocido que, sin pretenderlo, me informaba de tus andanzas, incluso de las muchas fechorías que le hiciste al novio fontanero que tuviste después de separarte de mí; de los abusos a los que sometiste a los que vinieron detrás del sufrido fontanero que, aún teniendo un buen sueldo, te encargabas de despilfarrar una buena parte de él hasta que se hartó de ti y cortó por lo sano la relación.

Otro tanto supe de las numerosas viviendas que fuiste recorriendo desde que marchaste de mi casa hasta la que ocupas a día de hoy, junto a la plaza de San Bruno, a su vez anexa a la céntrica plaza del Pilar; un apartamento propiedad de un organismo oficial por el que estás pagando un precio de alquiler insignificante. También sé de otros beneficios que estás obteniendo procedentes del dinero público en forma de subvenciones y otras ayudas como ropa para ti, tus hijos y demás familia. Te estás aprovechando de una serie de privilegios destinados a personas de escasos recursos, cuando resulta que dispones de tus ingresos y los de tu hijo Raulito. ¿Cómo es que sigues teniendo tanta cara dura y, además, te permites exhibir tu nuevo y flamante coche, y fumar dos paquetes de rubio al día?

Estas informaciones, no buscadas, no sólo me servían para darme cuenta que seguías repitiendo los torpes, maliciosos y premeditados esquemas que utilizaste conmigo, sino que fueron oportunidades para felicitarme por no haber creído en tu "arrepentimiento" y acceder a tus anhelos de retomar la relación, después que nos divorciamos.

LA CULTURA DE LA NECESIDAD.

Cuando me di cuenta de la gran trampa en que había caído permitiendo que entraras en mi vida para manipularla, definí lo que llamé: la *cultura de la necesidad*, que a continuación voy a expresarte lo que pienso sobre esa clase de cultura.

La *cultura de la necesidad* es el culto que se rinde a otro dios más; a una necesidad desmesurada y con frecuencia buscada o necesidad ansiosa, acuciante y alocada, llevada al límite. Serie de circunstancias que aprovechan los desaprensivos empleando, no importa el medio, lo que sea preciso para sacar partido. Abusan de otras personas que encuentran o buscan en su camino, utilizándolas despiadadamente, y no son capaces de pensar en nada más que en idear diferentes formas de conseguir más, siempre más. En los numerosos casos que conozco, incluyendo el mío propio contigo, las personas oportunistas suelen ser las que conquistan o engañan a otra persona para que les brinde la clase de vida con la que desde la niñez habían soñado.

Una cosa es la persona espontánea, genuina y sincera en su vida diaria, que ama la naturalidad y no usa estratagema alguna para atraer y conquistar el corazón de nadie y otro aspecto muy distinto es la persona que utiliza sus propias estrategias para conquistar; ésta, es la típica persona que ama la conquista en sí misma, y una vez alcanzado el objetivo, pierde el interés y el gusto por la presa cobrada.

Igual que hay personas que saben dar desde su corazón, hay otras que saben quitar a los demás desde su corazón. Estas últimas no saben valorar casi nada, porque lo que consiguen casi nada o nada les cuesta. No distinguen entre el oro y la carroña, incluso son tan ansiosas que son capaces de tenerlos juntos en el bolsillo, pero son tan oportunistas, tan poco o nada honradas, que llegarían a quitar la carroña a un buitre.

La *cultura de la necesidad* implica un uso, y llegado el caso un abuso de ella. Pero la necesidad en sí misma está bien, incluso es necesaria; gracias a ella nos mantienen o mantenemos vivos. Desde que nacemos necesitamos calor, cariño, alimento y protección, y cuando somos mayores seguimos conservando esas mismas necesidades, incluso las vamos ampliando, añadiendo por ejemplo, la necesidad de relacionarnos con el entorno de manera más autónoma y directa.

Haciendo énfasis en el aspecto más material surgen o nos buscamos necesidades basadas en el tener en detrimento del ser. Es el mundo de la mera ilusión o de las apariencias.

La *cultura de la necesidad* conlleva también el hecho de saber discernir las auténticas necesidades -lo que necesitamos satisfacer para vivir-, de las necesidades superfluas que nos imponemos o nos han impuesto otros cuando éramos pequeños, o aquellas que tratan de imponernos unos pocos para beneficio de sí mismos.

En Cuba había mucha pobreza y por lo tanto muchas necesidades sin cubrir, incluso básicas, pero también la hay en la mayor parte del planeta. Así he podido constatarlo en los países que he visitado, incluyendo España. Toda ayuda que sea voluntaria y que salga del corazón es buena, independientemente de la cantidad, porque los desposeídos son demasiados en comparación con los habitantes de los países ricos, que estamos en posesión de la mayor parte de los bienes.

Ciñéndome a tu país, son tan grandes las necesidades que siguen teniendo tus compatriotas, que cuando uno viaja a Cuba se siente "obligado" o tentado a ayudar. Esa tendencia me parecía inevitable de contener en los viajes que realicé. Pero la ayuda real es difícil hacerla efectiva porque las necesidades son muy grandes y están muy extendidas en la mayor parte de la población. Lo que sí es posible hacer es aliviar, aunque sea en grado mínimo, un eventual apuro o situación económica puntual, por ejemplo la de una persona o familia sin llegar a convertirse en un esclavo y convertir a quien se ayuda en un ser dependiente de uno mismo.

A propósito de la dependencia antes aludida y antes de venir a España, me dijiste que ibas a ser mi *vejigo*. Ese ridículo término cubano, cuya pronunciación me resulta tan poco atrayente como lo que implica, quería decir entonces que alguien es demasiado inmaduro como para tener vida propia e independiente. El *vejigo* es alguien que por comodidad o para aprovecharse; para chupar de la energía vital de otra persona se le adhiere como si de una lapa se tratara, con lo que la segunda persona se convierte en dependiente también. Es lo que hiciste conmigo en tanto que consentí que te pegaras fuertemente a mí como si fueras una hija pequeña y dependiente.

Si bien es cierto que al principio necesitabas de todo mi apoyo y comprensión porque procedías de un ambiente netamente cubano, cuya cultura era demasiado diferente a la de aquí y porque yo era la única persona a la que conocías de España, también me parece real que la dependencia que se generó al principio de nuestra relación perduró de forma enfermiza hasta nuestra separación. Para mí fue tan molesta como una pesada carga que tenía que transportar en todo momento. Yo te apoyaba deseando que te desenvolvieras por tus propios medios para que no dependieras tanto de mí, pues esa enfermiza dependencia nos hacía esclavos el uno del otro en lugar de generar confianza y autonomía en nosotros.

La sociedad en general, y muchos hombres en particular, sigue asignando a la mujer el papel dependiente en una relación de pareja, cuando en realidad lo habitual es que sea el hombre el dependiente. Necesitaba, aunque no te lo dije, volver a recobrar nuestra independencia; ser dos seres unidos por el amor pero no confundidos por el miedo. Aunque intentaba hablar contigo sobre el particular, este fue uno de los muchos temas que quedaron relegados de forma indefinida sin que intentáramos poner una solución. ¡Qué pena! Lo bonita que hubiera podido ser nuestra relación, una relación entre iguales, esa con la que siempre soñé.

Hablando de la necesidad y por ir aclarando alguna cosa más, cuando nos conocimos estaba en una etapa de mi vida en la que no tenía pareja, necesitado del cariño de una mujer, de su compañía, y con deseos de tener con ella una sexualidad sana. Eras diecinueve años más joven que yo, lo que suponía un atractivo adicional importante, y al verte por primera vez en aquella discoteca de La Habana, tan sola y aparentemente triste, por mi forma protectora de ser me dirigí a ti que estabas bailando suelto casi pegada a mí. Pienso que esa fue mi necesidad que, en parte, es la que vi reflejada en ti, justo la que me llevó a casarme contigo en menos de dos semanas.

Las reflexiones que voy a transmitirte en los párrafos que siguen, aunque creo que no tenían nada que ver con tu forma de sentir y actuar, constituyen una manera de pensar cada vez más arraigada en mí; un código de vida con el que intento ser cada vez más consecuente día a día.

Hoy más que nunca se hace preciso vivir simplemente para que otros puedan hacer lo propio. Para que los desposeídos puedan tener acceso a una vida digna y merecedora de ser vivida. En parte, con el paso de los años, por eso me he ido apartando de credos, dogmas, religiones, hermandades o fraternidades esotéricas, partidos políticos y toda clase de grupos, en los que la mayoría casi siempre se ve abocada a apoyar los intereses particulares de unos pocos "listos" -por lo común, son personas de doble moral o personalidad- que son los que "fraternalmente" utilizan a sus hermanos adoptivos. Los grupos que más me hacen dudar de su honradez son los que pretenden, de una u otra forma, monopolizar el conocimiento del que se creen únicos poseedores.

Estos grupos están formados por "privilegiados" herederos o depositarios de una ancestral y supuesta sabiduría: son los escogidos e iniciados en una tradición legítima que se pierde, cómo no, en la memoria de los siglos. Como recordarás, cuando estuvimos casados ya pertenecía a la Masonería, organización a la que dejé de pertenecer al poco tiempo de divorciarnos por los motivos antes expuestos: simplemente quería volver a ser libre.

La libertad es algo que sigo valorando mucho, a fin de cuentas uno de los mayores deseos de la humanidad es la libertad. Los seres humanos ansían la libertad, que es el núcleo esencial de la conciencia humana. El amor es su cincunferencia. Cuando amor y libertad están satisfechos, la vida no tiene de qué lamentarse y los dos se satisfacen juntos, nunca por separado. El amor sin libertad tiende naturalmente a ser posesivo y en el momento que la posesividad ingresa, uno comienza a crear sumisión para con los otros y sumisión también para uno mismo, porque no se puede poseer a alguien sin ser poseído por ese alguien. Además, el amor sin libertad nunca trae realización.

En estos tiempos de ruido y prisa veo necesario simplificar la vida, que consiste en desprendernos de las cosas superficiales o inútiles para quedarnos con las esenciales o fundamentales: la naturaleza, la familia y los amigos, entre otras. Poco a poco, uno se va transformando en un ser diferente a medida que se despoja de algunas formas de entender la vida, teniendo en cuenta que la evolución personal no consiste en ser cada vez más bueno, listo o rico, sino en convertirse en una persona consciente, auténtica y decente. Se trata de ser uno mismo, ni más ni menos.

De igual forma que hay personas con las que se tiene "química", que nos hacen sentir bien y nos acercamos a ellas, también hay lugares que son propicios para nosotros. Esos lugares, incluso situaciones de la vida, son los que poco a poco tenemos que aprender a detectar, a encontrarlos y frecuentarlos. Si aprendemos a notar de forma intuitiva esa magia que está en nosotros, si estamos atentos a ella, se irá manifestando cada día más; nos permitirá ser más felices, porque tenderemos a no establecer relaciones con personas que terminarían utilizándonos, o no nos implicaremos en situaciones que acabarían por hacernos daño de una u otra forma. Contigo, Marielis, ¡cuántos lugares, personas y situaciones acepté que terminaron por apoderarse de mi energía, de mi autoestima, de mi dinero, incluso de mi voluntad!

Vivimos inmersos en una sociedad en la que los estímulos nos rodean casi por completo, incluso llegan a invadir nuestro hermoso y preciso espacio vital. De manera imperceptible, nos estamos volviendo refractarios al calor humano, insensibles o vacunados contra los mensajes de otras personas. Cada vez tenemos menos en cuenta a los demás.

Recordarás que además de escribir me gustaba mucho leer. Así pues, un día, leyendo, reparé en lo siguiente: "¿Qué es lo que alguien le da a otro?", pregunta Erich Fromm, y él mismo se contesta: "da algo de sí mismo, de lo más precioso que posee; da algo de su vida. Esto no significa necesariamente que sacrifique su vida por el otro, sino que le da algo de lo que hay vivo dentro de él. De este modo, dándole a otro algo de su propia vida, le enriquece, hace crecer en él la sensación de estar vivo y refuerza el sentimiento de su propio interior". Una bolsa de agua caliente para el alma, la familiaridad absoluta. Quien se aísla de su entorno, quien ya no tiene tiempo ni oídos para los otros, hace que su vida se convierta en algo árido, unidimensional.

Marielis, ¿no crees que está en peligro la sociedad humana cuando se llega a este estado actual de degradación? Se ha descubierto que, en el periodo prehistórico, cada vez que en diferentes ciclos una sociedad humana se destruía era porque los seres humanos se habían corrompido moralmente hasta el punto extremo. Ahora, la dimensión donde nosotros residimos a mi modo de ver se encuentra en un estado extremadamente peligroso.

En un mundo tan trágicamente mal gestionado es necesario conciliar el progreso con el respeto al medio ambiente y con un reparto equitativo de la riqueza, ese sueño afortunadamente acariciado cada día por más personas. Es tan norme el abismo de prosperidad que separa a los pobres y a los ricos –como ocurría en tu país-, que una de las muchas cosas que podemos hacer es ayudar a otros con lo mucho que nos sobra a los privilegiados, a los que hemos tenido la fortuna de nacer con las necesidades básicas sobradamente cubiertas. Me parece oportuno citarte aquí dos cortas frases, una del Premio Nobel de la Paz, Adolfo Esquivel: "El hambre es la bomba silenciosa que se nos impone y que está haciendo estragos en nuestros pueblos"; la otra pertenece al sabio Epicteto, filósofo estoico nacido esclavo hacia el año 55 de nuestra era: "Si quieres desarrollar tu capacidad de vivir con sencillez, hazlo por ti mismo, hazlo quedamente, y no lo hagas para impresionar a los demás".

A modo de conclusión de este apartado, quiero decirte que, de alguna forma, nuestro cerebro no busca la felicidad, sino la tranquilidad y el sosiego; pero este último deberíamos aprender a encontrarlo centrando nuestra atención en las pequeñas cosas gratificantes de la vida, aunque a nuestra sociedad occidental parece no importarle que las personas seamos felices con estas pequeñas cosas; es decir, a esta sociedad lo que le interesa es que consumamos, que pensemos que el consumo puede hacernos felices. Y, otra cosa, Marielis. Tenemos que tener en cuenta que la felicidad es, como todo en la vida, una emoción transitoria aunque a muchos de nosotros nos gusta tener la idea de que debemos sentirnos bien con frecuencia, sino, ya no estamos satisfechos. Una cosa es lo que podemos esperar y otra distinta es lo que podemos conseguir. Eso es ser realistas.

Tu familia.

Aunque tu núcleo familiar me pareció en general una lamentable excepción, pude descubrir que para los cubanos, por tradición, la familia era una célula unida que simbolizaba el refugio para las alegrías y las tristezas. Cuando estuve en Cuba se hablaba con orgullo de la familia, de los orígenes que se remontaban en el tiempo y donde al decir del poeta de Camagüey Nicolás Guillén: "Está todo mezclado ya que los componentes llegaron de España, de África, de Asia y de un sinfín de sitios más". Comprobé que en familia se adoptaban las decisiones más importantes; pero, como te decía, tu familia, a mi juicio, fue una excepción a esos altos valores que pude descubrir en otras familias.

Actualmente, y gracias a la información que me sigue facilitando Tomasito a través del fax o del teléfono -ya que, como sabrás, y he comentado en páginas anteriores, Fidel Castro no permite a los ciudadanos corrientes el acceso privado a Internet-, la sociedad cubana se debate en medio de la incertidumbre, de la desorientación colectiva e individual de sus raíces culturales, en medio del silenciamiento de las historias particulares de cada familia para dar paso a la aceptación exclusiva del colectivo impersonal y ajeno. En nuestra última conversación matizó textualmente: "El proceso comunista está dirigido contra la familia como núcleo primario de las relaciones sociales, toda vez que se pretende anteponer los vínculos de los individuos con la sociedad a la responsabilidad de éstos con la familia, lo cual mina su función social. Es por ello que el gobierno de Fidel Castro beca a los niños, los educa en sus doctrinas, y trata de convertirlos en `hombres nuevos' sin los tradicionales lazos de la familia".

Como no tuve hermanos ni hijos, y mi única familia cercana eran mis ancianos padres, cuando te conocí y me hablaste de tu numerosa familia, compuesta por diez hermanos con sus respectivos hijos y tus tíos y tías, sentí para regocijo mío que de repente el número de mis seres queridos se había visto felizmente incrementado. Estando por primera vez en Guantánamo con toda tu familia, al principio me veía envuelto en tu grupo familiar, lo que me hacía sentir bien y me parecía ser uno más del clan, hasta que empecé a comprender en donde había caído.

Uno de los primeros detalles que me sorprendieron desfavorablemente, fue ver el cariz que tomó la celebración desproporcionada del cumpleaños de la hija de tres años de tu hermana Dayalis. En casa de tu madre no faltaba de nada, habida cuenta que todo lo había pagado yo, pues se suponía, de forma tácita, que tenía que ser así. Corría la comida, los refrescos y el ron como si de la celebración de una boda o de un evento sobresaliente se tratara. Por si fuera poco, para mayor desconcierto mío, alguien conectó a todo volumen un pequeño magnetófono con música de distorsionada salsa, mientras todos bailabais como si estuvierais enloquecidos. Y no hablabais sino que la comunicación verbal era a través de gritos, cosa que hacíais con frecuencia.

Al escuchar tan generalizadas discordancias y exagerada ostentación de falsa alegría, y en medio de aquel mare mágnum, opté por marcharme y volver a casa por la noche. Necesitaba tranquilidad y salir de aquel mundo a mi parecer estrecho, ficticio, molesto y ajeno. Cuando volví ya había pasado la celebración del cumpleaños y te limitaste a lanzarme reproches por no haberme quedado a participar con los demás de semejante evento. Como no quisiste entenderme, callé de inmediato para evitar posibles y nuevos enfados. Desde el principio ya hablábamos idiomas emocionales diferentes e incompatibles.

En toda regla hay excepciones, y en tu familia por fortuna también las había. Tenías alguna hermana que formaba parte de esa gloriosa excepción; unas pocas personas en apariencia afables. Tu padre ya se había muerto; según me dijiste, era un alcohólico empedernido que la cirrosis se encargó de llevarlo a la tumba cuando todavía era joven. Estas pocas personas eran con las que me sentía a gusto estando a su lado, sabían que me iba a casar contigo y veían que mis intenciones no eran otras sino las de formar una familia y, cuando llegara el momento, traernos a España a tus tres hijos.

Al hablar de excepciones, me estaba refiriendo a cuatro de tus hermanas, cuyos nombres no recuerdo ahora. Como he dicho en otro lugar erais diez hermanos; sin embargo, a Freddy, Balsitas, Dayalis, Yamilia y Liliana dedico a continuación unos párrafos porque, incluida tú, bien podríais haber sido extraídos de la más atrevida ficción de espanto; con ello quiero que veas lo que sigo pensando de ellos.

LILIANA. Siempre pensé que tu hermana Liliana era la persona más honesta de tu familia, aunque más adelante me dio la oportunidad de cambiar de opinión. Cuando la conocí, vivía en un pequeño apartamento cedido por el gobierno en el municipio de Alquízar. Un hogar humilde con muchas carencias, como muchos otros de Cuba, que compartía con sus dos hijos pues su marido y padre de los niños los había abandonado.

Entonces la veía como a una persona congruente en cuanto era la feliz poseedora de una armonía entre su forma de pensar, sentir y actuar.

Aún teniendo unos medios y una economía muy precaria, se ocupaba no solo de sus hijos sino de que tu hija Ania -la que unos meses más tarde vendría a vivir con nosotros a España-, no estuviera abandonada del todo. Ania era un ángel con forma de niña de cuatro años, casi dejada a su propia suerte; vivía con su padre y su abuelo en una apartada choza campestre a las afueras de Alquízar; por cierto, una sucia y hedionda casucha construida a partir de troncos y tablas y con la techumbre confeccionada con hojas de palmera, carente de los medios más indispensables para su

habitabilidad, en la que compartía techo y espacio con gallinas, patos, corderos y otros animales que campaban a sus
anchas por las diferentes estancias, pues la puerta, según
pude comprobar, con frecuencia estaba abierta. ¿Cómo pudiste vivir y tener una hija con un hombre cuya vida era tan
prehistórica?

Cuidar de tu abandonada hija fue una de las virtudes
que adornaron a tu hermana Liliana.

Era una fanática adicta a las monolíticas, incluso peli-
grosas, ideas del Partido Comunista de Cuba, único partido
cubano existente en tu país y en el que estaba dichosamen-
te integrada y afiliada, incluso ocupaba un cargo de responsabilidad en el ámbito comarcal. Y esa pertenencia era para
ella de vital importancia, como lo era el empleo de técnico
medio que ocupaba en la empresa textil para la que trabajaba.

Casi siempre estaba mencionándonos y ponderando las
bondades de su muy querido partido comunista, pero jamás
la escuché hablar sobre los inconvenientes y atropellos de
ese todopoderoso partido, así como de los trastornos que le
causaba en el ámbito familiar y social la lealtad al mismo.
Me resulta incomprensible que, a casi cincuenta años de la
Revolución, todavía el 47 por ciento de los cubanos continú-
an apoyando al Gobierno, según una encuesta independiente realizada por el instituto de sondeos Gallup a finales del
año pasado.

Recordarás que Liliana vino a España invitada por ti y
financiada por mí. Estuvo con nosotros en casa tres meses,

el tiempo que tardó en conocer a un hombre que tenía un negocio de construcción en Jaca. A los pocos días de conocerlo se casó con él, se olvidó de la enorme pobreza cubana que había dejado atrás, de su humilde casa y de su adorado partido castrista.

Soy de los que creen que el tiempo ubica a las personas en el lugar correspondiente; y Liliana, en eso, no fue una excepción. Aunque aparentaba ser una buena persona, mejor dicho, una mega -sinónimo de persona de apariencia sencilla, apacible y tratable, pero que cuando uno menos lo espera saca a relucir el rostro que esconde: su sombra-, sin embargo resultó, a mi modo de ver, una loba de acerados dientes aunque eso sí astutamente disfrazada de oveja.

En Cuba pretendía ir de buena conmigo, pero no pudo evitar que aquí se evidenciara en ella su verdadera o doble personalidad, pues al casarse con el acomodado e infeliz constructor, se olvidó de sus raíces originales y antigua apariencia en tanto que el despotismo ocupó su lugar enfrentándose incluso a nosotros, precisamente las personas que más le apoyamos, mientras nos recordaba de una u otra forma su opulenta, nueva y regalada vida junto a su protector esposo, que no pensaba en otra cosa sino en complacerla y en que no le faltara de nada a ella y a sus hijos, a los que dio sus apellidos para más inri. Compadezco al pobre marido. Uno más.

YAMILIA, PRIMOLUÍS Y TARRITOS. Con mi conocido Luís, al que acabaste bautizando con el grotesco apelativo de Primoluís, se te ocurrió un original y peligroso capricho.

Un día quisiste ver cómo era y funcionaba un prostíbulo aquí en Zaragoza; una idea que desde el principio me causó pavor por el peligro que conllevaba entrar en un lugar de esas características y, además, contigo. Quisiste que él te acompañara y lo hizo porque frecuentaba esos lugares. Intenté disuadirte de tan arriesgada curiosidad usando todos los argumentos a mi alcance, pero fue inútil. Me vi obligado a ir con vosotros, aunque antes te hice saber acerca del enorme e innecesario riesgo que implicaba el hecho de entrar a un lugar en el que te podían confundir con una más de las profesionales que vendían su cuerpo en aquel club de alterne. Si algún hombre te proponía algo o te tocaba, qué tenía que hacer, ¿mirar para otro lado o pelearme con él? Por fortuna salimos indemnes los tres. Marielis, ¿todavía tienes esa clase de antojos?

Pero con Primoluís la cosa no terminó ahí. Una vez más quisiste jugar con él, y lo conseguiste. Lo peor es que alteraste su propio destino. Recordarás que una noche habíamos salido de copas con un grupo de amigos e intentaste inducirme para que le recomendara que, en lugar de ir de vacaciones a Cartagena de Indias, lugar al que tenía pensado ir, fuera a Cuba.

Pensaste que podía ser un mejor partido para tu hermana Yamilia que por cierto estaba viviendo con Tarritos en La Habana; ella, como habías hecho tú, también quería salir de Cuba y venir a España al precio que fuera. Como me negué a acometer semejante ardid te acercaste directamente a Primoluís y le hablaste de las muchas virtudes físicas que adornaban a tu hermana añadiendo que estaba sola, sin pareja -mentiste una vez más-. Él no se lo pensó y aunque marchó de vacaciones, cambió de destino; o sea, fue a La Habana a conocer a Yamilia. Ella, al ver a Primoluís, no dudó en dejar aparcado a Tarritos de forma eventual y entregar su cuerpo y placeres a su nuevo capricho, un apuesto y robusto joven venido de España a acometer su exclusiva misión: conocerla. Y así fue como ambos olvidaron, por unos días, sus quehaceres cotidianos y se entregaron a rienda suelta al uso y disfrute del más puro sexo.

Yamilia ni sabía ni le interesaba implicarse emocionalmente con el bueno de Tarritos, pues obtenía, a cambio de compartir con él la misma cama, todo lo que deseaba: que a su hijo no le faltara de nada y a ella tampoco. No hay que olvidar que Tarritos era un hombre veinte años mayor que tu hermana, pero a Yamilia lo que más le atraía de él era el hecho de estar bajo su protección, la de un acomodado empresario español afincado en La Habana con una magnífica posición social y económica. De esta forma ella tenía resueltas todas sus necesidades y obtenía de Tarritos cuantos caprichos quería, esos de los que la mayor parte de las mujeres cubanas carecían, como ir al gimnasio cada día, masajista también diario, un coche a su disposición, buena ropa, peluquería y una bonita y céntrica casa estilo colonial con una sirvienta dispuesta a cumplir sus órdenes.

El frigorífico no carecía de nada: carne, pollo, pescado, huevos, zumos naturales, etc. La cocina disponía, además, de una buena y surtida despensa que almacenaba alimentos no perecederos. Incluso la casa tenía un generador autónomo de energía eléctrica que estaba preparado para ser utilizado en los muchos momentos en que la ciudad entera de La Habana era castigada por Fidel a pasar largos ratos, incluso días, sin electricidad. En el baño había un enorme depósito destinado a acumular agua para emplearla cuando se cortaba el suministro de tan necesario bien a toda la ciudad.

Con tanta abundancia que puso Tarritos a disposición de su particular diosa Yamilia, de la que con gran fruición os aprovechabais todos de la familia, parecíais no daros cuenta de las calamidades a las que estaban sometidos la mayor parte de vuestros compatriotas.

Por si fuera poco lo anterior, cuando abrían las puertas de los escasos supermercados que había en La Habana, los primeros que entraban a elegir y comprar lo que deseaban eran los diplomáticos de otros países destacados en Cuba; a continuación entrábamos los turistas después de enseñar nuestro pasaporte y seguidamente se daba el hecho más lamentable. Vosotros, al ser cubanos, entendía que tendríais que haber sido, en todo caso, los primeros en entrar, pero erais los últimos en acceder al supermercado, con la única opción de poder adquirir -los que teníais dólares americanos porque en aquél entonces erais pocos los que disfrutabais de esa privilegiada moneda que, por cierto y como paradoja, estaba penalizada su posesión por el gobierno a cualquier cubano- lo que los demás no habíamos querido comprar. Yamilia no tenía nada que ver con ese bochornoso ritual diario, pues era la Cleopatra habanera que, sin salir de casa, tenía cuanto se le antojaba.

A mayor abundamiento, en las tiendas que había en los hoteles se producía la misma constante, otro fenómeno discriminatorio, habitual y harto lamentable: los cubanos no podíais entrar en ellas hasta que no salía una persona de la tienda, pues los responsables del establecimiento tenían miedo de que al haber demasiadas personas en el local pudierais robar algo aprovechando la circunstancia, pero nosotros los turistas entrábamos a comprar cuando lo deseábamos. ¿Acaso los extranjeros éramos todos honrados? Pero Yamilia, como era la conocida y caprichosa amante del rico empresario español, no tenía esa clase de inconvenientes. Ella entraba donde y cuando quería.

¿Te acuerdas de aquel rato tan vergonzoso que pasaste junto a tu hermana el día en que Tarritos quiso hablar conmigo, pensando que yo había sido quien había preparado el encuentro de Yamilia con Primoluís? Al pobre hombre se le comían los ardores desatados por los celos. De inmediato le aclaré que yo no tenía nada que ver en todo ese tremendo enredo, que mejor hablara con vosotras. Yamilia, viéndose perdida, fingió llorar, dando a entender que estaba arrepentida. Mientras, entre sollozos lastimeros, le decía a su querido cornudito que ella era la responsable.

-Mi *amol*, yo soy la única culpable. A pesar de los enormes *tarros*[12] que te he puesto, te sigo queriendo. ¡Perdóname, por *favol*!

---

[12] Cuernos.

–¡Cuanta mentira! –vociferó, mientras pataleaba y movía los brazos con furor como si quisiera golpearos a vosotras dos. Aunque la situación me parecía bastante cómica, daba miedo ver la cara roja y desencajada del vilipendiado Tarritos.

Tarritos, en realidad, era el poco favorecedor y burlesco sambenito que colgó tu hermana a Gonzalo, a raíz de ponerle los *tarros* con Primoluís.

Después de tanto tiempo transcurrido sabrás de sobra que la otra gran víctima, Primoluís, terminó casándose con Yamilia aquí en Zaragoza, para que obtuviera los papeles y pudiera legalmente quedarse a vivir -¿con él?- en España. Tarritos, una vez más, haciendo alarde de una desbordada y estúpida generosidad, a requerimiento de su Yamilia, le pagó el billete de avión de ida y vuelta para que volara a España –pero sólo por unos días- y pudiera conocer tan ansiado país, pero quedó solito en La Habana sin su idolatrada, para siempre.

Marielis, lo que no sé si sabes es que después de casarse, tu hermana y Primoluís, fueron a celebrar tan ventajoso negocio -para ella- a un restaurante y, en la cafetería, Yamilia conoció a dos jóvenes de raza negra con los que decidió de forma insólita proseguir la celebración de su reciente matrimonio; después de bailar con uno y luego con el otro negrito, en extraña y apasionada unión corporal, decidió marcharse a pasar la noche con los recién conocidos, supongo que a concluir la faena -y eso que Yamilia era una mujer extremadamente racista: a los negros, por lo menos en Cuba, no podía ni verlos-. Mientras tanto, Primoluís, no salía de su aturdimiento y asombro, que se convirtió en justas amonestaciones y enfados hacia su esposa, la que persistió con su erótica locura dejando plantado a su desamparado esposo, precisamente en la noche de bodas.

DAYALIS Y CAMELLOTONTO. El único recuerdo positivo que tengo de tu hermana Dayalis es que fue la encargada de traer a tu hija Ania a España, aprovechando su viaje para reunirse contigo aquí. Dayalis fue otra fuente de problemas para nuestro nada prometedor matrimonio, pues pretendía quedarse a vivir en mi casa ¡con nosotros! Te dije, cuando me lo planteaste, que mi generosidad máxima con ella era de quince días, durante los cuales Dayalis podía buscarse trabajo y casa. Y así lo hizo, porque le ayudaste a poner un anuncio en la prensa buscando pareja, y días más tarde pescó a un español con el que se casó en menos de un mes; de esa forma tenía garantizada su estancia y su vida en su codiciada Zaragoza, junto a su hija.

Con Dayalis ya erais cuatro las hermanas que habíais conseguido el sueño de residir en España, teniendo el porvenir resuelto para vosotras y vuestros hijos. Su recién estrenado esposo, al que vosotras dos en medio de risas histéricas llamabais Camellotonto porque además de tonto se convirtió en *camello*[13], pronto dio con sus huesos en la cárcel por varios años, porque al hacer corto tu hermana con el salario de este infeliz, se dedicó en sus ratos libres a traficar con droga para ganar más dinero y fue capturado por la po-

---

[13] Traficante de droga al por menor.

licía al poco tiempo de casarse, con lo que tu hermana, libre de Camellotonto, el que no le importaba ni un comino, volvió a practicar el mismo oficio que venía desarrollando en La Habana, ejercer de prostituta, y así podía enviar dinero a la familia que todavía no habíais podido sacar de Cuba. Dayalis, de ese modo, vivía holgadamente con la oreja pegada a su móvil atendiendo a sus futuros clientes, y con su buen coche en la puerta de su casa, la casa de Camellotonto.

Esta hermana tuya, desde que la conocí me pareció una persona oscura, pendenciera y oportunista; un venenoso reptil extremadamente peligroso con forma de atractiva mujer. Estos desfavorables comentarios sobre Dayalis te los hago basados en los muchos detalles que pude apreciar y evaluar de ella en Cuba y aquí en España.

En las vacaciones que fuimos a Cuba en junio de 1996, en una ocasión tuve que quitarle de sus manos mi cámara fotográfica, porque no hacía otra cosa que "tirar" fotografías a todo y a todos, y cuando le pregunté quién pagaría el revelado de las mismas, como no quería contestar, reventé y le aclaré irritado que yo era el único proveedor de dinero para todo, y que ya estaba harto de ser el financiero de todos vosotros. La extrañeza en los presentes de tu original familia fue general, pues me mirabais como si acabara de decir algo surrealista, extraño y feo. Según dabais a entender, yo tenía la obligación de pagar absolutamente todo por ser el que tenía dinero.

Una última anécdota más con relación a Dayalis. Estando los dos pasando un fin de semana en la casa de campo,

nos enteramos de que esta dichosa hermanita tuya se trasladó de Guantánamo a La Habana a ejercer de *jinetera*. Esa
triste noticia cayó sobre ti como un jarro de agua hirviendo,
pues llegaste a enfermar. A partir de ahí dije por teléfono a
tu madre que se abstuviera en el futuro de comunicarnos
noticias nefastas y de pedirnos más dólares, pues suficiente
teníamos nosotros con resolver nuestras cosas aquí en España.

Desde el principio, si no hubiera cortado el asunto en el
momento en que llegó Dayalis a Zaragoza, mi casa se
hubiera convertido en poco tiempo en un hostal por el que
tu abundante familia de despiadadas sanguijuelas, hubiera
desfilado, pernoctado, comido, vestido y provista con dinero
para gastar. Y todo sufragado por mí.

Hay muchas formas de prostituirse. Las prostitutas pro-
piamente dichas, injustamente llamadas con ese severo e
inmerecido apelativo, no dejan de ejercer una profesión
como otra cualquiera, no tengo nada contra ellas. Son profesionales con una durísima profesión que, a cambio de
unos honorarios, de alguna forma se ven obligadas a pres-
tar sus servicios, su cuerpo. Pero esa no es la verdadera
prostitución. La auténtica prostitución es la que de forma
premeditada y con alevosía ejercen otras mujeres y hombres que, por citar uno entre muchos ejemplos, se casan
por interés. O sea, se prostituyen vendiendo su cuerpo a
cambio de un matrimonio ventajoso con el postor más favo-
rable para acceder a una situación social o económica me-

jor, que de otra forma honrada no podrían conseguir. ¿Te suena eso?

FREDDY, GABRIELA Y OLGA. En cuanto a tu hermano Freddy, no he conocido a otra persona que le gustara tanto vivir y divertirse a costa ajena. En España, a esta clase de personas las llamamos "gorronas". Siempre andaba mendigándome las llaves del coche que yo tenía alquilado para devolvérmelo por la mañana sin gasolina, maloliente y sucio. Como recordarás, un día, yendo borracho, atropelló, tiró con el coche y después dejó abandonado a un motorista en Guantánamo y, consternado, tuve que ir al calabozo de la policía a sacarlo, después de pagar una importante cantidad de dinero a modo de indemnización al conductor de la moto.

Como sabes estaba casado con Gabriela, con la que tenía cinco hijos. Ella parecía ser una persona muy confiada que amaba con locura al desequilibrado de tu hermano. No en balde toda la familia le llamabais "el loco", además de Freddy. A mí me parecía un ser humano descerebrado: un desvarío de la naturaleza. El loco, o lo que es lo mismo Freddy, compartía a Gabriela, su amada esposa, con Olga, su novia oficial, que por cierto era su jefa en la farmacia donde trabajaba y con la que tenía dos hijos. Esta otra víctima, Olga, era manipulada u oprimida por su perturbado novio al que sustentaba económicamente y del que recibía, como recompensa, numerosas palizas que la sufrida Olga sobrellevaba con enorme disimulo y dignidad porque, según me dio a entender ella misma, a fin de cuentas era frecuente que algunos hombres cubanos demostraran la calidad y cantidad de su cariño, a su mujer o novia, en proporción directa a los golpes y humillaciones recibidos.

Olga, ciertamente, no se me antojaba en aquél entonces una persona inteligente, por no decir que lo era bien poco o que no se esforzaba en parecerlo. Tu madre no dejaba de reír incluso celebrar el hecho, haciendo bromas, de que el loco, su propio hijo, se comportara como un perfecto canalla con la pobre farmacéutica, con la que tu madre no empleaba su saliva en rodeos llamándola "burra" directamente, con todas las letras. De tu madre no hablaré, por respeto a su edad; únicamente diré que sus hijos salieron a ella.

Freddy trataba a las mujeres sin ninguna clase de consideración. Para él, todas, incluso tú Marielis, erais unas rameras y su relación elegida para con vosotras era, según él, la violación. Con diferencia, era peor que los animales. Recuerdo con repulsa cómo después de casarnos, en el baile posterior al banquete, se puso a bailar salsa contigo mientras te hacía gestos y movimientos, a mi parecer obscenos, en tanto que me miraba subrepticiamente ¿para ver cuál era mi reacción? Con el fin de no organizar un escándalo delante de los invitados me abstuve de acercarme a él para romperle la cara, sin más preámbulos. Tú seguías bailando con él impasible, como si nada especial sucediera. ¿Teníais algo entre vosotros?

Un día, al atardecer, íbamos los dos en mi coche. El loco iba conduciendo, porque Guantánamo, su ciudad, la conocía como la palma de la mano. Paró a dos jóvenes y agraciadas mulatas que estaban haciendo *botella* y comenzó un falaz discurso diciéndoles que yo era un empresario español y él mi socio cubano. Desatendiendo mis ruegos, quedó con ellas para proseguir con su burdo juego los cuatro después de cenar. Evidentemente no asistí. Sabía que iba a casarme contigo, su propia hermana, pero no cesaba de inducirme a irnos de juerga con mujeres de su calaña.

Uno de los signos más claros de vida moral es hablar correctamente. Freddy no pensaba antes de hablar, ni se aseguraba que hablaba con buena intención. Decididamente, tu hermano, no era una buena persona. ¿Qué es una buena persona? Por si todavía no has conseguido averiguarlo, es la que alcanza la tranquilidad tras adoptar el hábito de preguntarse en toda ocasión qué es lo correcto.

El loco, como bien sabes, estaba divorciado de una mujer oriunda de Caimanera, núcleo rural de unos cuatro mil habitantes próximo a la base naval norteamericana de Guantánamo. Una tarde lo acompañé e intenté llevarlo con el coche porque quería ver a los hijos que había tenido con dicha mujer y que vivían con ella en esa localidad pero, como extranjero, sólo logré pasar el primer control policial, el que podíamos atravesar los turistas. En el siguiente control, próximo a Caimanera, me obligaron a darme la vuelta, por lo que tu hermano tuvo que hacer a pie los siguientes kilómetros hasta dicho pueblo y yo proseguí viaje de retorno a Guantánamo para reunirme contigo. Lo que no te dije es que en el segundo control policial no sólo me impidieron el paso sino que los policías me advirtieron discretamente que tuviera especial precaución con ese "ciudadano" –Freddy– porque era un canalla de mucho cuidado, fichado por ellos debido a sus muchas y notables tropelías cometidas en la ciudad de Guantánamo y alrededores.

De todos tus hermanos y hermanas, Yamilia, Dayalis y Freddy recuerdo que tenían una forma de mirar torva, asquerosamente nauseabunda, disuasoria.

BALSITAS. Tu otro hermano varón era otro animal, aunque un poco más comedido que Freddy: en el trato con las mujeres, en la bebida, en el baile y en la vida ordinaria. No le gustaba mucho trabajar, sin embargo, era frecuente verle acompañado de un buen puro habano, un vaso de ron y una linda trigueña. Aunque estaba casado y con niños tenía además una novia oficial -siguiendo el ejemplo de vuestro padre y de Freddy-, la desgraciada que lo consolaba cuando tenía problemas y le entregaba gratuitamente sus afectos junto a su juventud, a sabiendas de que era un hombre casado, circunstancia que para ella carecía de valor.

Balsitas intentó divorciarse de su mujer para casarse por la vía rápida con una turista mexicana llegada de vacaciones a Cuba, y de esta forma poder salir de la isla, ¿cierto? Como la chica no cayó en la trampa que le tendió tu hermano, planeó posteriormente fugarse a los Estados Unidos en una balsa construida por él mismo -por eso, aunque su nombre era Elton, todo el mundo en Guantánamo le llamaba Balsitas-, pero fue interceptado y aunque lo intentó en dos ocasiones más fracasó de nuevo y terminó pasando un tiempo en prisión y fichado por la policía cubana, que lo tenía bajo su punto de mira.

De esta información sobre el bueno de Balsitas, me puse al corriente después de separarnos, a través de su propio hermano Freddy, cuando vino a verte a España. Lo primero que hizo el listo de Freddy al llegar a Zaragoza fue llamarme por teléfono a casa para salir conmigo por las noches, con la finalidad de que le pagara la cena y consumiciones de los bares y, sobre todo, por mediación mía poder conocer a una inexperta española, casarse con ella y quedarse aquí, siguiendo la conducta de vosotras cuatro: Dayalis, Yamilia, Liliana y tú, la precursora.

DESPEDIDA.

Como te comentaba en las primeras páginas, después de varios años sin encontrarnos, el día uno de marzo de 2007 nos vimos por primera vez; ello fue lo que me indujo a escribirte esta carta. Han pasado tres días desde que te vi por última vez -el día siete del mismo mes- comprando en el supermercado, y aunque tu aspecto me pareció bastante desmejorado y triste -similar al que creí percibir en tu rostro cuando te conocí en La Habana-, fui incapaz de imaginar lo que resultó ser el preámbulo que te llevó a tu destrucción final, dos días más tarde.

Escribiendo las que esperaba serían las últimas líneas, acaba de llamarme Raulito a casa, hoy diez de marzo, y me ha comunicado que ayer pusiste fin a tu vida.

No entiendo nada en estos momentos, me siento terriblemente confuso. ¿Por qué adelantaste de manera tan trágica algo que de forma natural te hubiera sucedido? ¡Pobre hijo tuyo Raulito! Encontró tu cadáver tirado en el suelo de tu dormitorio. La autopsia desveló que el origen de tu muerte fue una sobre dosis de fármacos psicoactivos, con los que al parecer llevabas tiempo en tratamiento. Sus estuches estaban vacíos y amontonados sobre tu mesilla de noche.

Resulta que el final de esta carta -no imaginé al principio que resultaría tan extensa-, coincide con el final de tu vida, ¿por qué tanta coincidencia? Desde joven he pensado que cada cosa de nuestra vida, cada encuentro, cada acontecimiento, no es casual sino causal, incluso intuyo que las llamadas casualidades pueden hacernos reflexionar acerca de lo que es la realidad. La vida no es una serie de episodios fortuitos y sin razón de ser, sino un todo ordenado y elegante que obedece a leyes en el fondo comprensibles, si así queremos que sean.

Si desde la otra vida puedes leer todas estas páginas, espero que no las consideres un conjunto de quejas mías hacia la conducta que mantuviste conmigo en el pasado. No, a estas alturas ya no se trata de eso; además, y como he reflejado, entre nosotros hubo numerosos momentos de belleza y armonía, que son los que guardo en mi corazón. La carta, ha sido mi manera de denunciar una parte más de la realidad cubana de hace doce años, incluso la de hoy. En ella he intentado poner de manifiesto, entre otras cosas, el método que la persona aprovechada u oportunista puede utilizar para manipular a otra buena, que puede llegar a enamorarse de aquélla, sin indagar o conocerla a fondo previamente y con la que tal vez va a comprometerse de por vida. Asimismo, este relato es una advertencia a las personas decentes que desean formar un vínculo matrimonial mixto -como el que me unió a ti-, con la idea de que reflexionen antes de dar ese trascendental y quizá erróneo paso.

Por la sensación de enorme tristeza que ahora siento, y para terminar, me despediré de ti con estas últimas palabras: "Que descanses en paz, Marielis".

Zaragoza, 10 de marzo de 2007.

PARA TÍ, LECTOR.

Amigo lector, amiga lectora, ha llegado el momento de despedirme de ti pero, antes de terminar, quisiera comentarte lo siguiente:

Aunque mi nombre es Manuel Cebrián, tan sólo he sido el narrador de esta hipotética carta, el libro que sigues teniendo entre tus manos. Todo lo anteriormente descrito pudo haberme ocurrido. No hubiera sido ni la primera ni la última persona que cae en situaciones tan desfavorables.

Querida Marielis está basada en una historia real que además conozco a fondo, por el hecho de haber sido un íntimo amigo mío el personaje principal; así pues, no sólo es obra mía, sino también de él, el auténtico protagonista de esta narración, que me ha servido como eje principal de la misma. Él es el sujeto al que estoy gratamente agradecido porque de forma generosa me ha revelado y relatado, durante largas horas, la mayor parte de las alegrías y desventuras vividas en su propia piel con su esposa Marielis y que aquí se han contado. Estando juntos compartiendo una agradable conversación, en más de una ocasión le escuché contar algunos de los fatídicos episodios vividos con la que fue su pareja, después de haberse divorciado. Incluso estando con ellos, cuando eran matrimonio, tuve la desagradable oportunidad de presenciar algunos momentos de sus acaloradas y frecuentes discusiones domésticas.

Para tener una fuente adicional de datos que me facilitara la elaboración de este proyecto literario, me di de alta en una empresa virtual de Internet cuyo reclamo publicitario decía así: "Nuestra página web está especializada en ayudar a caballeros para que encuentren pareja, novia o esposa sudamericana. Las mujeres sudamericanas resaltan por su pasión, belleza y lealtad. Con su carácter apasionado y arrebatadoras sonrisas, las mujeres de aquellos países poseen un atractivo y magnetismo que los hombres españoles encuentran irresistible..." Por mediación de dicha empresa me ha llegado, casi a diario, una gran demanda de amistad y sobre todo relación estable, conducente a un futuro matrimonio con mujeres de Sudamérica. Con unas cuantas he mantenido correspondencia electrónica hasta hace poco, la que ha representado un valioso caudal de informantes.

También deseo agradecer la colaboración de mis amigos: Paco Arbej Ponce, por la diagramación de este libro; Alejandro Gracia Burillo, por ayudarme en el diseño de su portada. Mi reconocimiento especial a mi amigo Ricardo Serna Galindo, escritor; su asesoramiento integral ha sido vital a la hora de realizar la presente obra.

Finalmente, mi mayor gratitud y amor hacia mis padres y otros seres queridos, ya desaparecidos, que me enseñaron a amar los libros, la creatividad, la naturaleza, la libertad, la honestidad y la vida.

ÍNDICE